Les Éditions Marchand de feuilles
C.P. 4, Succursale Place D'Armes
Montréal, Québec
H2Y 3E9
Canada

Adresse électronique :
informations@marchanddefeuilles.com

Mise en pages : de Ligny Picard
Conception graphique : Marchand de feuilles

Image de la couverture : Bernard Grimaldi

Distribution et diffusion: Marchand de feuilles

Dépôt légal : 2001
Bibliothèque nationale du Québec
Bibliothèque nationale du Canada
ISBN :2-922944-02-6

Données de catalogage avant publication (Canada)
Myre, Suzanne, 1961-
J'ai de mauvaises nouvelles pour vous
ISBN 2-922944-02-6
I. Titre
PS8576.Y75J34 2001   C843'.6   C2001-941088-3
PS9576.Y75J34 2001
PQ3919.2.M97J34 2001

J'ai de mauvaises nouvelles pour vous

Les titres suivants ont préalablement été publiés par l'auteur

Inspiration sans scrupules, **Brèves littéraires**, no 56, hiver 2001.

Bruce, Oh Bruce !, **Brèves littéraires**, no 56, hiver 2001.

Mal orienté, **Main Blanche**, vol. 7 no 4 hiver 2001.

La réception, **Les Saisons littéraires**, semestre vernal/estival, Guérin éditeur, 2001.

Mon chat mon chum, **Brèves littéraires**, no 59, automne 2001.

Suzanne Myre

J'ai de mauvaises nouvelles pour vous

nouvelles

Marchand de feuilles

La réception

Votre professeur de mari menace de vous coller un procès si vous refusez une nouvelle fois de l'accompagner à un de ces cocktails donné par un collègue. Vous le menacez du supposé avocat avec lequel vous coucherez s'il le faut pour lui payer ses honoraires. Il est hors de question pour vous d'aller jouer l'épouse de service perchée sur des escarpins, un verre enraciné dans la main, à écouter des blablas professoraux en essayant à la fois d'avoir l'air intéressée et de réprimer vos bâillements de la façon la plus distinguée possible. En quoi peut vous importer le sort de Monsieur B. (que vous ne connaissez pas et ne connaîtrez jamais) qui change d'école et manquera à tout le monde (sauf à ses étudiants), que Madame A. ait couché dans le lit du collègue X. la veille de Noël et que ce dernier était si ivre qu'il ne s'est pas rendu compte qu'elle était complètement nue (mon œil), que le salaire payé aux enseignants les empêche de se faire creuser des piscines dans leur cour (mais que la plupart ont des maisons de trois étages en banlieue). Dans le secteur privé, d'après vos analyses et déductions personnelles, le corps professoral est un des plus conformiste et conventionnel. On y bosse comme des fous durant toute l'année scolaire en veston-cravate, on ne voit rien de ce qui se passe dans le monde extérieur (c'est-à-dire celui du conjoint), sauf par le bulletin de nouvelles (dans lequel on ne parle pas du conjoint), une religion chez les profs. On se croit complètement *flyé* parce qu'on s'adonne à des sports extrêmes pendant les vacances (ça fait *cool*), qu'on se lâche un peu *lousse* durant les partys des fêtes (ivre, on se dit des choses tellement hors contexte, celles qu'on a pensées tout bas pendant la session sans oser les dire), et on court tout l'été pour essayer de se reposer et de rentabiliser chaque minute de ces vacances tellement méritées. Parfois, il se glisse entre tout ça une ou deux occasions de faire l'amour, à condition que le stress n'ait pas tué l'un et la frustration, l'autre.

Il vous fait le grand jeu du « tu dis toujours non, mes collègues commencent à croire que je me suis inventé une femme » et vous lui faites du « pense à toutes les occasions que ça te fait manquer. Annonce donc ce soir que tu es veuf ». Vous savez qu'il boudera toute la journée, mais vous êtes habituée à son silence. Vous êtes devenue la reine de l'interprétation des silences. Alors qu'il doit s'époumoner toute la journée en classe, il a la bouche cousue le soir. Vos tympans s'atrophient lentement. Vous ne savez plus si c'est vous qui êtes ennuyante ou lui. Vous êtes curieuse de savoir s'il est plus bavard en société qu'avec vous à la maison. Vous irez, tiens.

Il accueille la nouvelle en faisant semblant d'être franchement réjoui. Mais au fond, il est terrifié. Il connaît votre grande gueule. Il l'aime bien en privé. C'est votre façon décapante de tout critiquer qui l'a séduit, mais il s'en méfie en public. De cela vous êtes convaincue. Il marchera dans votre ombre toute la soirée pour s'assurer que vous ne dites pas une parole déplacée qui ruinerait sa réputation. Cette idée vous ravigote. Il est à votre merci. Il n'avait qu'à ne pas insister.

Il passe le reste de la journée le nez fourré dans son *walk-in*, on croirait qu'il part en expédition à la recherche de la prochaine femme de sa vie. Vous optez pour la seule robe qui ne vous donne pas l'allure d'une romanichelle, un truc on ne peut plus noir et de soirée, croyez-vous. Jusqu'à ce qu'il vous fasse remarquer que vous devrez porter un *legging* si vous ne voulez pas qu'on lorgne le fond de votre culotte. Vous passerez une heure à défaire l'ourlet pour atteindre la longueur qui vous rendra une certaine dignité. Votre mari ne veut certes pas donner l'air d'avoir épousé une immonde séductrice qui se promène la fesse à tous vents.

C'est fou le temps qu'il peut passer dans la salle de bain à se concocter un style. Vous l'entendez vaporiser des choses sur ses cheveux, sous ses bras, dans ses chaussures. Il marmonne, il chantonne, il essaie des répliques, dirait-on. Lorsqu'il sort, c'est un nouvel homme qui se tient devant vous. Il sent le parfum à plein nez. Vous devez retenir votre respiration tandis qu'il passe à côté de vous comme si de rien n'était. Ses cheveux sont ramenés vers l'arrière, lui donnant l'allure de Michael Douglas dans *Harcèlement* (cette pensée vous dérange) et il est rasé de si près que vous pouvez voir le reflet de ses montures de lunettes sur son menton. Son complet est impeccable. On dirait une planche de *plywood* mobile tant il l'a repassé de main de maître. Il s'est surpassé ; pas de cravate, une chemise à col Mao, pour se donner un petit genre plus décoincé. Il est si propre qu'il fait peur. Vous, dans votre robe rallongée, les cheveux artistiquement relevés, vous avez tout de même l'air d'une anarchiste, surtout à côté de monsieur-parfait. Quoi que vous fassiez, vous n'arrivez jamais à vous départir de cette authenticité qui vous confère cette allure (de) folle. Il vous plaque un baiser, vous tapote la fesse distraitement et s'assoit en regardant l'heure.

— Tu es nerveux ?

— Moi ? Pas du tout !

— Alors pourquoi te ronges-tu les ongles ?

— Arrête avec tes questions, je me ronge tout le temps les ongles.

— Tu as plus de tics que d'habitude, tu vas froisser ton beau costume.

Il se lève, visiblement irrité.

— Tu ne vas pas faire la folle ce soir, non ?

— Je le savais !

Vous êtes triomphante.

« Je le savais, tu as peur que je te fasse honte. Tu me harcèles depuis un an pour que j'aille à tes réceptions mondaines et maintenant que je dis oui, tu le regrettes. Tu as peur que je ternisse le beau vernis que tu as étalé sur ta réputation dans ta petite école privée de petits bourgeois anglophones. Tu as peur que je découvre que c'est toi le type qui a couché avec la collègue nue à Noël. Tu as peur que je fasse tomber le plateau de crudités, peur que je dise « esti » à la fin de chacune de mes phrases ! Je le savais ! »

Il est furieux, ça commence bien.

« Bon, tu la boucles et on y va. Il est temps. »

Vous jubilez.

Maison de banlieue, trois étages. Petits arbustes bien taillés, fleurs sans surprise correctement alignées devant les petits arbustes bien taillés, gazon platement taillé autour de fleurs sans surprise. La maîtresse (d'école et) de maison, une femme d'un âge incertain, vous accueille avec moult accolades, ce qui vous offre l'occasion de noter que son parfum jure avec son antisudorifique. Tout le monde ne sait-il pas que la rayonne est un tissu délicat qu'il est risqué de conjuguer avec une aisselle à problème ? Dans quelques secondes, vous serez présentée aux premiers arrivés, les affamés qui ont peur de manquer de petits fours, ceux qui veulent profiter de la manne. Ils n'ont rien mangé de la journée en pensant à ce qu'ils allaient pouvoir engloutir en soirée aux frais du collègue. Vous les repérez rapidement : comme une bande de névrosés, ils sont déjà là, agglutinés autour du buffet, l'assiette pleine dans une main et l'autre main grappillant à gauche et à droite, survolant la surface de la table à la recherche de tout ce qu'ils n'ont pu réussir à mettre dans leur assiette déjà comble. Ils sont gros ou maigres. Pas de nuance.

« André ! Viens que je présente ta charmante épouse à nos collègues ! »

Votre mari vous pousse discrètement dans le dos, comme s'il craignait que vous ayez perdu l'usage de vos jambes. Il n'a pas à s'inquiéter, ce que vous voyez a de quoi donner des ailes à votre inépuisable sens critique. Des mots d'esprit germent déjà en vous. Il faudra vous mordre la langue avant de parler si vous ne voulez pas vous coller un divorce avant onze heures.

« Nicole, regarde qui André nous a enfin amené ! »

Nicole dépose sa petite rondelle de jambon farci et vous tend une main constellée de miettes de pain.

— Enchantée ! André m'a tellement parlé de vous.

— Ah oui ? Il ne m'a jamais mentionné votre nom. Il faut dire qu'il cite tellement de noms ! Impossible de tout retenir. Vous faites quoi dans la vie ? Ne me dites pas que vous êtes professeur !

Ça y est, vous commencez à être drôle. Ce qui n'est pas l'avis de tout le monde. On vous fait virevolter vers d'autres mains, d'autres têtes qui se ressemblent pour la plupart. Elles ont toutes l'air d'avoir fait une escale chez le nettoyeur. Pas un poil superflu, pas un cheveu de travers, les mêmes odeurs artificielles s'en dégagent, pires que des pesticides. Éprouvant le besoin d'aller prendre une bouffée d'air, vous en profitez pour demander à votre hôtesse de vous montrer le jardin.

« Attendez ma chère, je ne vous ai pas encore fait visiter la maison. »

Bon, autant vous résigner. Vous allez y passer de toute façon. Votre mari vous talonne en vous tenant par le petit doigt. En fait, on dirait qu'il veut le casser ; il le tire à chaque fois que vos lèvres s'entrouvrent, même si pas un mot n'en sort.

« Alors, ici à l'étage, vous avez bien sûr la salle à manger, la cuisine, le débarras, une toilette sans douche, la salle de lavage. Tout a été refait avant notre arrivée. Vous auriez dû voir ça avant ; horrible, tout était blanc et jaune, vous n'avez pas idée. »

Tout est maintenant dans des nuances de lilas.

— Savez-vous que toutes les toiles qui sont accrochées sur les murs, c'est moi qui les ai peintes ?

— Ah oui ?

C'est tout ce que vous osez dire, votre mari semble vouloir disloquer votre doigt. Il sait très bien que ces peintures ne valent pas un clou, pas besoin d'en faire un tas et de vous démembrer pour ça. Il y en a partout, de ces croûtes. On les remarque parce qu'elles couvrent la quasi-totalité des murs, sinon elles se feraient aisément oublier. Elles représentent toutes des variantes de la plate-bande de fleurs sur la terrasse, quelque chose comme ça. Vous pourrez vous disputer là-dessus avec votre mari un peu plus tard. L'art très brut.

« Montons au premier, voici les chambres. Nous avons installé la nôtre à l'arrière pour profiter de la vue sur le jardin en dormant. »

A-t-elle voulu faire une blague ? Apparemment non. Le lit est un chef-d'œuvre, un gros truc cubique qu'on dirait monté sur des piliers, habillé d'un édredon aux motifs qu'on croirait peints par sa propriétaire. Comme effet, on ne peut rêver mieux. Votre regard fait le tour, analyse chaque détail, tandis que la pression se précise sur votre auriculaire.

— C'est très joli, j'adore votre couvre-lit.

— N'est-ce-pas ? J'ai suivi un cours de peinture sur tissu. Ça m'a coûté une fortune pour le faire imprimer. Vous aviez remarqué que c'est de moi ?

Elle semble ravie. Vous n'osez la décevoir, son air candide et enfantin vous touche.

« Bien sûr, c'est difficile de ne pas le remarquer.

Vous avez un talent fou avec les fleurs. Elles ont l'air de sortir directement du buisson. »

Elle adore votre compliment. Elle mange déjà dans votre main. Continuez, c'est amusant. Il n'est pas courant de visiter un musée de la *quétainerie*, bien que chaque banlieue doit en cacher plusieurs.

— La salle de bain des maîtres. Nous comptons refaire la céramique, ce vert est si déprimant, vous ne trouvez pas ?

— Oui, et il jure avec celui de votre assortiment de serviettes décoratives.

— Tout à fait, vous avez l'œil. Et ça donne un air malade, à vous faire virer le fond de teint, ahah !

— Ahah !

Vous sentez le souffle de votre mari sur votre nuque. Vous ne savez pas si c'est un souffle sexy ou un souffle de désapprobation.

« Et là, qu'est-ce qu'il y a derrière cette porte ? »

Elle prend un air embarrassé et renchérit d'une grimace qui ferait rougir un chimpanzé.

— Ah, il vaut mieux ne pas y aller pour l'instant.

— Quoi, c'est là que vous cachez vos cadavres ?

— Pas tout à fait. C'est la chambre de ma belle-mère. Nous l'hébergeons.

— Quelle gentillesse de votre part. Ce n'est pas trop dur ? Vos chambres sont si rapprochées...

Elle se penche à votre oreille et chuchote.

— Elle est presque sourde à vrai dire. Et puis c'est grâce à elle que nous avons pu nous permettre cette maison. Nos deux salaires n'auraient pas suffi. Elle ne dérange pas, elle écoute la télévision avec ses écouteurs.

Elle mange à peine.

— Vous êtes sûre qu'on ne peut aller la voir ?

Les portes closes vous dérangent.

— Plus tard peut-être. Elle regarde son émission préférée.

— N'insiste pas, chérie, c'est impoli.

— Mais non, André, tu as une petite femme curieuse, c'est une qualité que nous professeurs encourageons, ne l'oublie pas !

Ça y est, vous allez perdre l'usage de votre petit doigt.

« Voilà le bureau. Tiens, et mon mari qui s'y cache ! Chéri, tu devrais descendre, il y a pas mal de gens déjà. Regarde, André nous a enfin amené sa jolie femme. »

Chéri semble pas mal éméché. Un verre d'alcool à la main gauche, il tripote nerveusement la souris de son ordinateur pour fermer les fenêtres qui collent sur l'écran. Comme vous êtes la première à entrer dans la pièce, vous avez le temps de voir une paire de seins démesurés débordant d'un trop petit soutien-gorge.

— André, tu as envie, toi, de te taper tout ça ce soir, alors qu'on se les tape déjà à longueur d'année ? Venez ma p'tite dame, on va jouer au Rummy en buvant un verre.

— Chéri, ne sois pas si asocial. Je vais te monter un café et tu descendras nous rejoindre quand tu seras plus disposé.

Vous avez envie de rester là, avec chéri et sa barbe hirsute et ses manières d'ours. Tout le contraire de sa femme. Par quel mystère de la vie a pu naître une relation entre ces deux êtres aussi dissemblables, c'est ce que vous tentez de découvrir en vous asseyant près de l'ours au lieu de suivre les deux compères. Votre petit doigt peut enfin respirer et vous aussi. Vous vous croyez en lieu sûr. Mais vous vous êtes trompée ; aussitôt le danger éloigné, il se met à lorgner votre poitrine et vous pensez que si ses yeux étaient deux pistolets de silicone, vos seins deviendraient plus notables que votre discernement. Vous décidez, après vous être excusée, de rejoindre votre mari. Il vous apparaît subitement urgent d'être une femme loyale.

En bas, la soirée bat son plein. En petites grappes, de quatre à six personnes chacune, les invités forment des ronds sur le plancher. Du haut de l'escalier, ça fait très joli ; avec les couleurs, on dirait un motif de parquet, ou une espèce de mosaïque. Vous essayez de repérer votre mari ; il se tient parmi les plus jeunes, un groupe de barbichus proprets habillés plein-air. Ils sont chaussés de sandales en forme de raquettes et vêtus de pantalons garnis de poches sur tous les pans. Ils s'appellent probablement tous Martin, Mathieu, Frédéric ou Alexandre. Leurs épouses ou compagnes essaient de s'intégrer, elles se tiennent comme des roseaux dans le vent, oscillant d'avant en arrière, cherchant à s'agripper à des bribes de conversation. Votre mari offre tout un spectacle ; il parle sans arrêt en gesticulant, se passe la main dans les cheveux, rit, fait rire. Les premiers boutons de sa chemise sont ouverts, sa chevelure commence à se détendre, ses joues se colorent de toute la gamme des roses. Tout à coup, il se penche vers l'une des filles, ils sont presque nez à nez. Elle rit, fait la coquette et, pendant un moment, ils s'éloignent du groupe *hi-tech*, échangent quelques mots. C'est fou de le voir converser ainsi à bâtons rompus, alors que vous avez du mal à lui tirer deux mots de suite la plupart du temps. Il vous semble, à le voir dialoguer ainsi avec les gens de son milieu, que vous n'ayez rien à vous dire, finalement. Étant d'un naturel fataliste, vous sentez une sorte de découragement vous gratter l'échine.

Vous descendez de votre perchoir pour rejoindre votre mari qui, ayant quitté la blondinette, réintègre le groupe randonnée-canot-kayak-delta-plane. Il vous présente à Martin-Mathieu-Frédéric-Alexandre, puis à Maude-Caroline-Valérie-Julie. La conversation reprend de plus belle comme si vous n'étiez qu'un fantôme. Vous vous ennuyez ferme. On vous ignore. Personne ne vous pose une seule question. En fait, il leur a semblé suffisant de savoir que vous étiez la femme de leur collègue. Pas une entité à part entière qu'il pourrait être intéressant de connaître, d'interroger. Vous êtes la femme du professeur, point.

Vous jouez d'un air absent avec votre verre presque vide, y imprimant sur toute la surface vos empreintes digitales. Il devient vite dégoûtant. Votre mari et ses amis évoquent en rigolant la randonnée exaltante qu'ils ont effectuée pendant les fêtes de Noël dans une espèce de canyon de l'Abitibi, alors qu'une des filles a failli se casser les deux jambes, ahahah. Le soir, ils fumaient des joints cul à terre dans leur cabane pas chauffée, en attendant que l'eau dégèle. Vous vous demandez encore lequel d'entre eux s'est retrouvé avec la collègue nue. À voir la façon dont la blondinette lorgne votre mari, vous commencez à développer des doutes sur l'identité de l'un et de l'autre.

Soudain, une main chaude, énorme, se pose sur votre postérieur.

« J'aime votre robe. J'aime vos jambes. J'aime votre dos. Vous avez la prestance d'une ballerine. »

Le gros chéri de la maîtresse (d'école et) de maison plonge ses yeux délavés par la boisson dans les vôtres.

« Venez donc au jardin, l'air est meilleur et au moins là, on n'aura pas à se farcir l'école privée. »

Votre sauveur. Vous le suivez sans mot dire. N'importe quoi plutôt que d'observer votre mari en vous demandant si votre mariage est un échec.

Le décor vous pétrifie. On dirait un jardin anglais, une jungle, une oasis de plantes et de fleurs disposées de la manière la plus désorganisée qui soit. Tout un contraste avec le petit carré sage et terne du devant.

— C'est ma partie. J'ai accordé le devant de la maison à ma femme qui ne voulait pas de ça aux vues et aux sus des voisins. Elle dit que ça ne fait pas propre. Vous trouvez ça, vous ?

— Mon Dieu, mon Dieu !

C'est tout ce que vous trouvez à dire. Vos yeux sont ronds comme des billes, il adore visiblement la réaction catatonique provoquée par son œuvre florale. Il prend votre main et vous promène à travers les allées, sur les dalles cassées, en énumérant les noms de chaque spécimen.

— Ici, vous avez l'ancolie dorée, là de l'hémérocalle fauve. Les pavots seront à leur apogée d'ici deux semaines. Qu'est-ce que vous pensez de mon yucca ? Les corbeilles d'or sont un peu vulgaires, mais font un contraste assez joli avec la sauge éclatante, non ? Ici les hibiscus, j'en suis assez fier. L'an dernier, à peine une ou deux fleurs. Et mes rosiers, pas mal, hein ? Vous aimez les roses ?

Il en coupe une en prenant bien soin d'enlever les épines et l'insère dans vos cheveux.

— Vous êtes très jolie, vous savez ?

— Mon mari me dit ça, des fois, quand il a le temps, quand il n'est pas branché sur Internet.

— Les profs peuvent être rasants, ça c'est vrai. J'étais rasant, autrefois. Trop stressé, me faisant croire que je n'avais pas le temps de relaxer. Je ne pensais qu'à bien enseigner. En fait, j'ai commencé à vraiment bien enseigner quand j'ai décroché de l'idée de bien enseigner. Je venais de découvrir le jardinage. Une source inouïe d'inspiration pour mes cours. Je voyais chaque élève comme une fleur, une plante que je devais arroser une par une, patiemment, sans vouloir tout de suite qu'elle atteigne sa pleine maturité. Vous riez ?

— Non, vous êtes très intéressant. Bien plus que ces intellectuels en pantalons cargo qui se gaussent de leurs exploits de grands aventuriers. Vous savez que pas un ni une ne m'a posé la moindre question sur moi, alors que tous, apparemment, attendaient avec impatience de me connaître ?

— Ah ! Ça ne me surprend pas ! Ils ne sont pas méchants, juste un peu jeunes, centrés sur eux-mêmes. Votre mari a besoin de s'intégrer et les jeunes aiment profiter de la présence d'un plus vieux. Peut-être que ça le flatte.

— Ouais, la blondinette a l'air de profiter, aussi.

— Celle qui s'est retrouvée nue dans le lit d'un d'entre eux à Noël ? On n'a jamais su de quel type il s'agissait. La fille si, mais le type, hé non. Les mâles se protègent entre eux.

— Vous pensez que ce pourrait être mon mari ?

— Je ne sais pas et même si je le savais, je ne vous le dirais pas.

Il ajuste la fleur dans vos cheveux pour éviter de vous regarder dans les yeux.

— Vous êtes spéciale et trop intelligente pour être trompée. Et votre mari est un type brillant. Il est juste un peu... coincé.

— Je trouve, aussi.

Vous riez ensemble, vous vous sentez complice avec l'ours et ses fleurs.

— Votre mère, que fait-elle en ce moment là-haut ?

— Vous avez envie qu'on aille la voir ? Venez, on va prendre la porte sur le côté de la maison, personne ne nous verra.

Vous montez à l'étage comme des voleurs, en retenant vos fous rires. Vos pas sont couverts par le bruit de la musique, un truc qu'on dirait chanté par des pygmées, sorte de *world beat* pour troisième âge. L'ours tient votre main ; maintenant, vous lui faites confiance. Vous aimez son style, vous aimez son jardin, son esprit. Et lui au moins, il vous parle vraiment. Comme il s'apprête à ouvrir la porte secrète cachant la mère, vous le retenez.

— Je vous ai vu tout à l'heure, vous regardiez des trucs pas très catholiques sur votre ordinateur.

— Il y a bien un an qu'il ne se passe plus rien entre ma femme et moi. Parfois, je me permets quelques petites expéditions sur le Net. Pour ne pas perdre la main, si vous voyez ce que je veux dire.

— Oui, je vois. Je pourrais peut-être m'y mettre aussi.

— Ma femme et moi, on est mariés depuis quinze ans, vous ne l'êtes que depuis un an. Ne me dites pas qu'il y a déjà des ratés ?

— Bon, on n'en parle pas. On y va, voir maman ?

La porte s'ouvre avec un grincement comique. Une odeur de lavande parvient à vos narines et vous fait tourner la tête. Le même arôme parfumait la chambre de votre propre mère, les draps, la lingerie, les vêtements, tout. La petite femme recroquevillée dans un grand fauteuil antique et recouverte d'un plaid bourgogne esquisse un sourire bienheureux, comme si un des ses souhaits venait d'être exaucé : elle a de la visite.

« Oh, la belle visite ! »

Votre mère aurait dit quelque chose du genre.

« Je m'ennuyais, j'entendais les gens en bas. Si ma belle-fille ne m'empêchait pas de me mêler à ses invités de peur que je lui fasse honte, je pourrais me sentir vivante au lieu de m'endormir devant la télé ! »

Elle est adorable.

— Voyons, maman, Pauline veut seulement que tu ne te fatigues pas.

— Ah, arrête-moi ça, toujours en train de la défendre. Vous ne faites plus l'amour depuis des siècles et tu la défends toujours. Robert, pourquoi tu ne te trouves pas une belle petite femme comme celle-ci ? Comment vous vous appelez, ma chérie ? Venez que je vous examine de plus près.

Vous vous approchez, le cœur légèrement battant, comme lorsque vous passiez des examens oraux devant la classe. Ou que vous vous rendiez à un *blind date*. Ou que vous avanciez vers le lit où votre mère reposait, morte mais encore chaude.

« Bonjour, je suis Anne. »

Elle tapote le bord de son lit pour vous signifier de vous asseoir et prend votre main entre les siennes, l'inspecte comme si elle pouvait y lire votre vie.

— Vous avez de belles mains, ma grande. Vous êtes une artiste, non ?

— Peut-être. Je fais un peu de peinture, de la sculpture aussi. De petites choses sans importance.

— Vous êtes trop modeste. Vous devriez faire comme les autres en bas qui doivent se vanter sans arrêt, et vous mettre en valeur. Si vous contribuez à donner de la beauté au monde, vos connaissances se matérialiseront au lieu de rester en vous, pour vous seule. Appréciez votre talent. J'avais du talent aussi. Vous avez vu le piano du salon ? C'est sur celui-là que j'ai gagné des concours lorsque j'étais jeune. Plus personne ne l'utilise, ma belle-fille s'en sert pour déposer ses horreurs de porcelaine.

— Maman, cesse de parler de Pauline comme ça.

— Vous l'entendez ? Elle ne m'a pas accueillie dans cette maison par charité ou pour raffermir les liens familiaux ; ah non, c'est pour ma pension, pour qu'elle puisse se permettre d'habiter ce palace hideux et me faire manger ses mets insipides. Elle m'a juchée au premier étage, comment voulez-vous que je descende plus d'une fois par jour avec des jambes comme les miennes ? Mais ça l'arrange.

— Maman, tu arrêtes ça tout de suite.

— Non, laissez-la parler, elle s'ennuie à mourir pendant que tout le monde s'amuse en bas. Pourquoi ne la ferait-on pas descendre d'ailleurs ? Elle pourrait grignoter quelque chose, si ces goinfres n'ont pas déjà tout mangé.

— Ah ma chère, j'adorerais ça !

Elle tape dans ses mains comme une petite fille. Vous avez envie de la serrer dans vos bras, ce menu bouquet de fleurs de lavande.

— Tout à l'heure, maman, si Pauline n'y voit pas d'inconvénients.

— Tu sais bien qu'elle va en voir. Elle pense que je pue ou quoi ? Que je vais dire à tout le monde combien sa nourriture goûte le carton ?

— En effet, pourquoi faudrait-il demander la permission de votre femme ? Je prends ça sur mes épaules.

— Bon, je me rends. Mais je veux d'abord montrer quelque chose à Anne. Ça ne prendra que quelques minutes, et on revient te chercher. Ça te va ?

Il vous entraîne dans son bureau et vous fait asseoir sur une chaise devant son ordinateur.

— Vous êtes folle, ma femme va me tuer.

— On dit que les femmes contrôlent les hommes par leur queue. Dans votre cas, c'est par autre chose, faut croire.

— Bon, Madame la Vérité, bouclez-la. On va faire un petit voyage, je veux vous montrer des trucs que j'ai trouvés sur le *Net*.

Tandis qu'il essaie de faire la connexion, vous en profitez pour regarder son profil. Vous aimez ce que vous voyez, le front haut, le nez long, les lèvres sensibles, charnues pour un homme. La barbe n'est pas trop gênante ; elle donne à ce visage une certaine noblesse, une fierté qui vous émeut presque.

« Alors, je suis à votre goût ? »

Vous rougissez et ne résistez pas lorsqu'il s'avance. Le baiser est long et mouillé, il se poursuit tout le long de votre cou, jusque sur les épaules.

« Robert ? »

Il ne répond pas, il fait pivoter la chaise et la place de dos, devant la sienne. Il soulève les mèches de vos cheveux qui retombent sur votre nuque et fait glisser ses lèvres contre celle-ci, de bas en haut, de haut en bas. Votre corps est secoué de frissons et vous laissez les grosses mains s'égarer sur votre poitrine, votre ventre, remonter votre robe et caresser l'intérieur de vos cuisses.

« Qu'est-ce que vous vouliez me montrer sur Internet ? »

Vous vous en fichez bien, vous articulez à peine, vous respirez à peine.

« Des jardins, des jardins du monde entier. Mais j'ai la plus belle des fleurs ici entre mes bras. Au diable la technologie et l'horticulture. »

Vous pivotez vers lui et l'embrassez tandis qu'il pétrit délicatement le bout de vos seins sensibles. Il s'y prend avec doigté, utilisant la pression exacte qui vous fait débouler définitivement de votre forteresse. Il ne s'agit pas des quelques verres que vous avez bus, il ne s'agit pas de vengeance pour négligence conjugale de la part de votre mari, il ne s'agit que de cet homme grâce auquel vous ressentez des choses que vous aviez oubliées et que vous avez envie de retrouver là, vite. Une sensation d'abandon et de confiance totale, de don aussi, tout ça conjugué au présent. Vous avez envie de son sexe en vous, pour vous faire oublier que votre mari, lui, semble craindre de se perdre dans vos entrailles s'il vous pénètre trop ardemment. Vous avez envie de revenir à l'état de femme.

— Écoute, on peut arrêter si tu veux, Anne, on peut arrêter. Vous gémissez en vous pressant contre lui et il répond en défaisant la fermeture éclair de son pantalon.

— J'ai un condom dans mon sac, attends, je le prends.

La mention de ce détail, vous en êtes heureuse, ne crée aucun malaise, aucune perturbation atmosphérique. Tout se passe naturellement, sans effort, comme rarement. Vous baignez dans un climat de compréhension qui exalte vos sens et vous empêche, d'ailleurs, de penser « adultère ».

Tout se passe rapidement, un moment fulgurant où la force de son orgasme vous déchire le ventre. Votre propre plaisir relève d'une autre dimension, mais du moins est-il réel. Vous retombez mollement sur son épaule, il vous caresse les cheveux, vous êtes moite, décoiffée, peu importe. Une partie de vous est retrouvée. Vous avez envie de peindre, de sculpter, de marcher entre les fleurs, de voir de la beauté, de vivre de la chaleur humaine. D'un commun accord, vous décidez d'aller chercher maman. Il prend votre tête entre ses

mains et murmure en souriant, ses yeux dans les vôtres :
« Salut, toi ». Vous l'embrassez et prenez sa main. Vous
titubez comme des collégiens amoureux-saouls vers la
chambre close.

— Où étiez-vous passés vous deux, ça fait bien quinze
minutes déjà ?

— Allez, viens maman, on va voir le grand monde.
— Regardez-les. Ils grignotent ma pension, comme
des rats.

Belle-maman descend l'escalier en s'aidant à la fois
de sa canne et de votre bras. La réaction provoquée est
étonnante : tous, mais absolument tous les regards se fi-
gent sur le couple hétéroclite que vous formez, vous et
la vieille dame. Robert suit derrière, la tête rentrée dans
les épaules, portant le poids des conséquences prévisi-
bles. Pauline accourt vers l'escalier, essaie visiblement
de se composer un faciès de circonstance mais échoue ;
sa banque de grimaces n'a pas été conçue en prévision
d'événements aussi inusités. Elle serre les lèvres et ébau-
che un sourire forcé.

« Lydia ! Quelle surprise ! Venez belle-maman que
je vous présente à nos amis et collègues ! »

Elle lorgne vers son mari qui regarde ailleurs, un
tableau, une fenêtre, une poussière. Elle vous regarde
qui la regardez, un sourire calme imprimé sur vos lèvres
détendues ; vous vous sentez très à l'aise, avec cette vieille
complice ronchonneuse et lucide qui épouse tellement
bien vos points de vue. Voyant André venir, d'instinct,
vous cachez vos petits doigts. Quelques présentations
sont faites, belle-maman Lydia relâche sa pression sur

votre bras et pointe le buffet d'un index content.

« Venez ! Profitons-en avant qu'il ne reste rien. »

Elle trottine doucement en direction de la table en faisant fi des regards braqués sur elle.

« Bon, qu'est-ce que c'est que cette comédie ? »

André essaie de contenir sa fureur, il marmonne plus qu'il ne parle, en maintenant un sourire artificiel qui ne laisse aucun doute sur son humeur.

— Il y a un problème ? Robert et moi sommes allés chercher sa mère, c'est tout. Elle s'embêtait à mourir dans sa petite chambre tandis qu'elle vous entendait mâcher vos sandwichs. Elle est à croquer, tu ne trouves pas ?

— Cesse ton cirque. Ça fait plus d'une demi-heure que je te cherche.

— Ah ? Tu me cherchais ? Tu n'as pas cherché fort. La maison n'est pas si grande. J'étais avec ton collègue. Il me montrait des choses très intéressantes sur Internet.

— Et depuis quand tu t'intéresses à Internet, toi ? Chaque fois que j'ai offert de t'initier, tu as préféré t'affaler devant la télé.

— Ça revient au même, non ?

Vous le plantez là et rejoignez la mère de Robert qui est occupée à gratter le trop de crème sur de la pâte à chou.

« Visez-moi ça, chimique on ne peut plus. Si j'avais mangé de ça toute ma jeunesse, je ne serais sûrement plus ici aujourd'hui. Vous voyez ce pauvre Robert qui est en train de se débattre avec sa femme ? Emmenez-moi dans le jardin, il y a trop de bruit ici, trop de fumée, trop de monde, trop d'indifférence. »

L'émoi causé par l'apparition de Lydia s'est en effet estompé et les invités ont repris leurs conversations là où elles avaient été interrompues, comme si rien ne s'était passé. Dehors, les fleurs crachent leurs dernières couleurs avant que la nuit ne tombe et que les grillons revendiquent leur place. Qu'il est beau ce jardin ! Il vous faut subitement un jardin ! Quitte à déménager. C'est la première nouvelle que vous annoncerez à votre mari après la soirée, si votre statut marital tient jusque là.

Lydia s'installe sagement dans une des deux chaises longues. Au milieu de ce décor, elle ressemble à un vestige d'une autre époque, un vase vétuste à la peinture délavée et craquelée. En marchant vers elle, vous pensez à votre mère qui n'osait jamais dire tout haut ce qu'elle pensait tout bas, et Dieu sait qu'elle en pensait des choses. Qui ont fini par ficher un cancer dans sa gorge. Pas de danger pour Lydia.

« Venez, jeune dame, ne restez pas là à piétiner l'herbe, vous allez prendre racine ! »

Elle tapote la chaise à côté. On dirait que les vieilles dames tapotent toujours quelque chose. Vous vous affalez maladroitement sur la toile de la chaise qui plie sous votre poids, pourtant léger. Vous n'avez pas le temps de dire un mot que Robert s'avance vers vous, le visage long et morne.

— Je peux me joindre à vous ?

— Tu as réussi à te libérer de ta cerbère ? Allez, viens, tu es le bienvenu, nous allions justement parler de toi. Assieds-toi, mon gros. Mon Dieu, ce que tu as grossi depuis que tu ne fais plus l'amour !

— Maman, je t'en prie, arrête de toujours revenir

à ça. Tu es plus obsédée que moi, ma parole !

Il s'assoit sur l'herbe et croise ses jambes à l'indienne. Il ressemble à un bouddha dodu. Ça vous plaît. Vous le regardez, vous regardez les fleurs, vous regardez sa mère, vous n'en finissez plus de regarder.

« Qu'est-ce que vous regardez ? »

Lydia pose sa main fanée, diaphane, sur la vôtre.

— Tout ! Je veux un jardin. Avec des gens que j'aime autour de moi. Je veux être heureuse.

— Vous n'êtes pas heureuse, mon petit ? Si jolie et pleine de talents ? Je sais. J'étais comme ça aussi, comme vous, engoncée dans ma solitude, me refusant à m'ouvrir à l'extérieur. L'extérieur représentait pour moi une menace. Rien ne me comblait. Tout ce que je savais faire de mes dix doigts me semblait inutile, vain. Et ça l'était ! Créer quand le cœur n'y est pas ne suffit pas à remplir le vide qu'on a en soi.

— Maman, voudrais-tu te mêler un peu de tes affaires ?

— Non, Robert, laisse-la parler, ça m'intéresse.

Tellement que vous en avez les yeux humides.

— Je ne saurais vous dire comment j'ai finalement cessé d'errer à la recherche de ce qui allait remplir le vide. Car il s'agissait bien d'une errance. Je traînais mon poids, passant d'une chose à l'autre, mon intérêt s'émoussant dès que la nouveauté était passée, aussi inerte à l'intérieur de moi qu'avant. J'ai traîné ce poids pendant des années. Puis, j'ai rencontré mon mari, très tard. À cette époque, si on n'était pas mariée à 19 ans, on était déjà cataloguée comme vieille fille. Je l'ai épousé, malgré le manque de passion. Robert est né, il m'a arraché le ventre en sortant, et, en même temps, le vide. C'est comme ça que ça s'est passé pour moi. Je ne dis pas qu'avoir eu un bébé a tout résolu et que ma vie ne fut plus qu'une succession de joies, au contraire. Ma santé était fragile, je dormais peu, Robert était un bébé-fontaine, il pleurait pour un rien. Mais j'avais un endroit concret où déposer l'amour qui aurait fini par pourrir en moi. J'avais besoin d'un prolongement. L'art n'était pas suffisant.

— André ne veut pas d'enfant, enfin, pas avec moi. Il dit que je suis trop capricieuse, trop instable.

— Robert n'a pas eu d'enfant non plus, pourtant il en aurait voulu, Pauline le lui a refusé. Que les choses sont mal faites, parfois. Pourquoi vous n'en feriez pas un ensemble ?

— Ce serait peut-être fait si elle n'avait pas eu une *capote* dans son sac à main.

Vous n'en croyez pas vos oreilles, il a dit ça. Le silence qui appuie ses paroles est pourtant léger. Il ne contient aucune des particules de jugement ou de culpabilité qui pourraient y flotter.

« Je le savais ! »

Lydia tape dans ses mains en gloussant.

« Je le savais quand je vous ai vu revenir dans ma chambre, tout ébouriffés, les joues rouges. Ah ! On ne me la fait pas à moi ! J'ai hâte que Pauline apprenne ça. Ça devait arriver ! Ça lui apprendra à jouer les bonnes sœurs au lieu de faire ses devoirs d'épouse ! Alors, c'était comment, après tout ce temps, mon fils ? »

Elle rit, elle est rudement contente, celle-là. Robert éclate de rire à son tour. C'est fou, vous aussi.

« Ah, maman ! Fameux, fameux ! »

Il saisit une de vos chevilles dans sa grosse main et la presse doucement. Vous vous sentez bien, entourée de sens. Le vide qui remplit habituellement chaque seconde de votre vie s'estompe. Ou alors, vous n'y pensez plus, pour le moment.

Claquement de porte, claquement de langue, claquements de talons : Pauline. Son regard désapprobateur est éloquent : vos rires complices ne sont pas bienvenus dans son continuum existentiel étroit. Elle marche vers vous comme un tueur à gages qui s'apprête à dégainer sans être certain de la cible qu'il choisira, et s'arrête devant Robert.

— Robert, viens, j'ai à te parler.

— Mon Dieu, Pauline, est-ce ma présence qui t'irrite ainsi ?

Belle-maman fait semblant d'être désolée.

— C'est moi qui ai insisté pour descendre. Ne t'en prends pas à lui, il est aussi innocent qu'un petit agneau qu'on mène à l'abattoir, ahah.

— Ce n'est pas drôle, belle-maman. Je sais qu'il s'est passé quelque chose là-haut, tout à l'heure. Je le sais Robert, ne me sers pas cet air ahuri s'il te plaît ! Je suis montée, j'ai trouvé cette... cette chose qui gisait sur le plancher sous ton bureau ! Comment as-tu pu ?

Elle tient le condom accusateur au bout de ses doigts en le fixant avec des yeux exsangues, un air répugné sur le visage. Elle semble sur le point de pleurer, quelque chose du genre, piquer une crise en tous cas. Elle se retient avec peine, ses invités ne sont pas loin. Robert ne dit rien, vous non plus, même que vous vous retenez encore de rire. Ce doit être l'effet du vin. Votre for intérieur travaille ferme, il essaie de mesurer la portée de votre acte et il n'a jamais été fort en mesure.

« Au moins, Pauline, ça t'a rafraîchi la mémoire sur l'existence de la *capote*. Si tu en utilisais plus souvent avec mon fils, il n'aurait pas besoin d'en faire usage avec une autre. Quoique je ne désapprouve pas son choix. »

Belle-maman est en forme. Un peu trop. Vous commencez à vous sentir mal, d'autant que de Robert, il ne semble rester que l'enveloppe corporelle, une chose vidée de sa substance vitale. Vous ne reconnaissez pas là l'homme qui vous a prise si virilement un peu plus tôt. Pauline accuse le coup en retournant vers la maison, une main sur la bouche pour couvrir le bruit de ses hoquets. André la croise et l'arrête au passage.

— Pauline, tu as l'air bouleversée. Qu'est-ce qui se passe ?

— Va demander à ta femme !

Vous embrassez belle-maman et Robert et vous dirigez vers votre mari avant qu'il n'arrive sur la scène. Tout se passe dans une espèce de ralenti cinématographique, ou est-ce encore l'effet de l'alcool ? Vous évitez de puiser dans votre panoplie d'effets spéciaux et décidez de rester calme, de ne pas en faire trop pour une fois. Sait-on jamais, l'heure est peut-être grave.

— Chéri, j'aimerais qu'on rentre si tu veux bien. Je suis fatiguée.

— Bon sang, qu'est-ce qui se passe ici ? Vous avez tous des mines d'enterrement, Pauline a l'air malade. Elle t'accuse de je ne sais quoi et ces deux-là, au fond du jardin, on dirait des plantes mortes.

— André, je ne te savais pas aussi fort en images. Tu veux aller les arroser ?

Il invente pour la galerie quelques excuses de circonstance et balance quelques salutations à la va-vite. Il est visiblement mal à l'aise de partir le premier ; sans aucun doute se sent-il comme un petit gars que sa maman oblige à rentrer avant minuit. Une fois dans la voiture, vous vous sentez mieux, même si lui se sent mal. C'est souvent comme ça entre vous : un se sent bien alors que l'autre étouffe. Rarement synchronisés. Comme au lit. Comme dans tout. Ça ne vous empêche pas de ressentir une espèce de vague d'amour, un peu déformée certes, mais réelle, qui monte en vous et ondule vers lui.

« André, je sais que c'est toi le gars qui a couché avec la collègue nue la veille de Noël passé, et je sais qu'il s'agit de cette blonde qui te collait pendant la soirée, la petite jeune, celle du groupe qui a l'air sortie tout droit d'une brochure de randonnée plein-air. Robert me l'a dit. »

Un petit mensonge pour vérifier vos doutes, rien de mal à ça.

« C'est du passé, tout ça. Et puis, on se connaissait à peine encore. »

Votre cœur bondit, accroche toutes sortes de trucs acérés en chemin. L'ondulation amoureuse n'a pas duré, comme souvent.

— Comment ? On avait déjà couché ensemble deux fois, tu me disais que tu m'aimais. Aie ! Je n'aime pas entendre ça, je n'aime pas ça, laisse-moi débarquer.

35

— Impossible, on est sur l'autoroute.

— Et puis après ? Je vais faire du pouce, et une pipe à celui qui va m'embarquer.

— Tu dérailles, calme-toi.

— Hé bien oui, je déraille et pas à peu près ! Tu veux savoir ? J'ai couché avec ton collègue, Robert, au début de la soirée. Il m'a pénétré, j'ai aimé ça pour une fois. Il savait s'y prendre, j'aurais dû recommencer, j'aurais dû...

— Anne, arrête tes conneries. Je sais que tu ne ferais jamais ça et Robert non plus. Tu cherches à me faire souffrir, tout ça pour une histoire vieille d'un an.

— Tu vois cette fille tous les jours à l'école, elle te tourne autour, c'est visible et tu voudrais que je classe ça comme une vieille histoire ! En plus, tu ne crois pas que je t'ai trompé alors que c'est bel et bien vrai.

— Ah, je comprends ! C'est pour ça que Pauline avait cette tête d'enterrement ?

— Qu'est-ce que tu crois ?

Plus une parole durant le trajet. Le silence qui vous sépare fait mal à entendre. Vous êtes déchirée entre l'envie de gifler, de pardonner, de demander pardon. Vous aimeriez faire marche arrière...

Vous regardez le lit, unique objet, au milieu d'une chambre trop propre où rien ne traîne qui pourrait l'égayer. Vous n'avez jamais aimé ce lit, immensément grand. Ce bibelot inutile. Votre robe noire échoue sur le plancher avec un bruissement triste, menotte vos chevilles. Sans prévenir, André vous pousse sur le matelas. Il se faufile entre vos jambes prisonnières, va et vient comme s'il voulait fendre votre corps en deux, siffle entre ses dents « C'est comme ça que vous avez fait ? C'est comme ça que tu veux le faire ? ». À la fin, vous vous tassez contre le vide, en petite cuillère, et s'il n'entend pas couler vos larmes entre les gémissements, c'est que votre tête est enfouie sous l'oreiller où vous comptez l'y laisser pour le reste de tous ces jours pendant lesquels vous retiendrez votre respiration, du moins jusqu'à la fin de l'année scolaire.

Dans les bras de Murphy

Bon. Commencez par l'accepter : vous êtes malade. Cela ne fait pas de vous une fille subitement dépourvue d'intelligence et de discernement, quoique votre comportement infantile devant la douleur et la fatigue puisse porter à le croire ; un simple éternuement, un crachat un peu jaune et vous voilà à la morgue ! Admettez que vous êtes un peu hypocondriaque. Rien d'étonnant, étant donné vos gênes. Et l'ambiance familiale...

Votre mère ne vous menaçait-elle pas du sanatorium de Ste-Agathe dès vos premiers signes de santé défaillante, tout au long de votre tendre enfance maigrichonne, voire biafraise ? Le Biafra était à la mode à l'époque de votre rachitisme personnel.

Votre frère ne vous disait-il pas en ricanant que, si vous tombiez du balcon, vous flotteriez lentement dans les airs jusqu'au sol comme une feuille au vent ? N'adorait-il pas vous comparer à ces petits Biafrais aux ventres ballonnants et aux yeux exorbités qui vous donnaient des frissons pendant les nouvelles de six heures à la télé ?

Mais ça ne fait rien, tout cela fait partie du passé, de la mélasse psychologique. Vous voilà devenue une belle fille mince et en forme qui nage trente longueurs de piscine sans se fatiguer et lève des poids au gymnase où elle fait l'envie des culottes de cheval qui s'évertuent à retrouver une forme humaine sur les tapis roulants.

Hummm, non, non, cela ne fait pas rien. Car à quoi bon tous vos efforts pour maintenir une santé rutilante, si ce maudit début d'hiver glacial vous a tout de même mis la main au collet. Pourtant, vous portez votre foulard de laine du Shetland depuis le premier octobre ! L'auriez-vous retiré trop tôt, le seize avril dernier ? Auriez-vous mangé trop de chips et pas assez de bâtonnets de carottes ? Peut-être que vous vous êtes couchée trop souvent après dix heures ?

Votre tête va éclater si vous persistez à chercher la raison de l'intrusion de ce virus dans votre corps gracile mais solide, svelte mais musclé, poilu mais pas trop. Car il s'agit bien là d'une saleté de virus et non d'un vulgaire microbe que vous auriez pu attaquer à grandes doses d'antibiotiques. Repos, repos total, congé de travail, ne faites que le strict nécessaire, sinon vous en aurez pour quatorze jours, a proclamé le médecin joufflu et rose comme une *paparmane* en vous signant un arrêt de travail à cause duquel on sabrera cinq jours sur votre salaire.

En apercevant votre mine renfrognée au retour de la clinique, votre petit ami rigole. Pas vous. Votre poing se ramasse juste sous son nez, dangereux, rempli de petites choses infectieuses. Il l'embrasse et vous pince la joue. Vous le détestez tout à coup, avec sa santé fulgurante et son offre de *bien* prendre soin de vous.

On connaît ça : dès que vous serez en jaquette, il se glissera près de vous sous les couvertures et :

— soit il tripotera le bout de vos petits seins irrésistibles sous la molle barricade de flanelle et vous excitera jusqu'à ce que :

— vous lui *permettiez* une pénétration en bonne et due forme qui vous épuisera, et à propos de laquelle :

— vous ne pourrez rien lui reprocher par la suite étant donné que c'est *votre* état d'excitation qui l'aurait emmené jusque *là* ;

— soit il s'endormira avant que vous n'ayez eu le temps de déposer votre tête sur l'oreiller et ronflera tant que :

— vous ne lui rentrerez pas votre coude dans les côtes pour le faire tourner sur le côté, et alors, adieu de toute façon à votre infirmier.

Ah ça oui, vous le connaissez, l'amoureux dévoué. Mais il est si mignon, et tellement animé de bonnes intentions que vous ne dites pas non, ni oui. Vous le laissez insister, avec ses petits bruits de lèvres mouillées contre votre oreille bouillante de fièvre, jubilant de le voir si suppliant et soumis, pour toutes ces fois où il joue au tyran (« Tu vas me faire le plaisir de relaver cette fourchette, elle est hyper-crottée. Où est-ce que tu as appris à faire la vaisselle, toi ? » Au Biafra, dans une autre vie, probablement).

Vous avalez deux comprimés d'acétaminomachin. Refusez d'aller vous mettre au lit, préférez l'avoir à l'œil, pour vous assurer qu'il fait bouillir l'eau sur le bon rond, qu'il pensera à l'éteindre, il a des tendances à cela laisser les ronds s'éteindre tout seuls, et qu' il ne mettra pas trop de gingembre et de citron dans la tasse. Après avoir répété trois fois les directives de la recette, reconnaissez, en vous excusant mollement, que vous manquez de confiance. Filez à pas de tortue vers votre chambre.

Accordez-vous un peu de chauffage, on est en décembre, après tout. Minouille, votre chatte, accapare déjà votre oreiller, tout chaud certes mais plein de poils ; ce qui est très mauvais, pour vos sinus bloqués. Prenez celui de votre copain et refilez-lui le poilu. Il ne sert à rien de cultiver des scrupules qui épuiseront votre esprit affaibli ; vous êtes souffrante, il faut vous accorder le meilleur, comme si vous vous trouviez à l'article de la mort.

Votre petit chou entre dans la chambre affublé de votre tablier fleuri de pétunias mauves, il espère vous faire rire mais votre gorge brûle des feux de l'enfer. Pas l'ombre d'un sourire, encore moins d'un remerciement pour sa tentative d'égayer votre malheur, n'arrive à franchir le seuil de votre bouche dont les lèvres craquent sous les gerçures. Vos joues cramoisies le convainquent d'aller chercher le thermomètre sans même que vous n'ayez eu à le demander. Soyez étonnée qu'il n'offre pas de vous l'introduire dans le rectum, ce serait son style. Du moins cela prouve-t-il qu'il prend votre état au sérieux. Relaxez, vous êtes finalement entre bonnes mains. Doutez-en lorsqu'il passe à deux doigts de vous ébouillanter avec la tisane au gingembre qu'il dépose directement sur le matelas à côté de votre oreille. Vous manquez de croquer le thermomètre dans votre mouvement pour remettre la tasse en équilibre.

Un peu de fièvre, pas autant que le rouge de votre visage donnait à croire. Votre nurse calculatrice cesse de vous harceler avec le testament que, selon lui, vous devriez penser à écrire au cas où. Vous sirotez le liquide fumant, qui contient un peu trop de gingembre et des noyaux de citron qui flottent à la surface, en vous disant que ce congé sera peut-être agréable après tout, si les symptômes viennent à s'atténuer.

Le hérisson dans votre gorge réclame une pastille. Votre ami vous refile des *Fisherman's friend* saveur de mélasse ou quelque chose du genre, dont vous conservez des échantillons depuis des lustres dans la pharmacie. Autant sucer des crottes de chat, quel goût dégueulasse. Vous vomissez le petit rond brun et gluant sur le plancher que l'autre se plaint d'avoir lavé récemment. Il y a au moins un mois, vous en êtes certaine. Le désespoir s'installe en vous. L'acétaminotruc ne fait pas effet, la salive s'accumule dans tous les coins de votre bouche, impossible d'en avaler autant, l'air n'entre plus dans vos narines et vous suez comme un bouc sous les quarante couvertures.

— Qu'est-ce que je peux faire, qu'est-ce que je peux faire ?

Votre ami panique devant vos gémissements et votre regard *Apocalypse Now*. Bien sûr, vous en faites un peu plus qu'il n'en faut, mais il ne s'agit là que de votre versant naturel pour le drame et la théâtralité qui rend votre personnalité si originale et attachante.

— Va...acheter...sirop...décongestionnant... nez....arghhh!

Ça y est, vous allez mourir.

Curieusement, dès que votre serviteur a quitté l'appartement, vous respirez mieux. Vous allez dans la cuisine vous gargariser avec de l'eau salée (tiède), mouillez une débarbouillette d'eau (fraîche) pour votre front et remplissez à nouveau votre tasse d'eau (bouillie). Vous vous installez sur le divan du salon, enrobée dans une épaisse couverture de laine et pitonnez pour arrêter votre choix sur un documentaire du *National Geographic*. La vie des bêtes vous passionne. Avec elles, vous savez à quoi ne pas vous attendre ; elles ne se mettront jamais à vous débiter un tas de niaiseries sexistes, cochonnes ou machos. On vous explique comment le lion en rut et ses confrères délimitent leur territoire et harcellent les lionnes qui ne veulent rien savoir. Vous changez de poste.

Attardez-vous sur ce *psy-show* américain : une mère engueule sa fille, l'accusant d'avoir couché avec son amant. Lui, très laid, et trois fois l'âge de la fille, sans aucun doute elle voulait se venger de sa mère, proteste qu'il s'agit d'un odieux mensonge, *a calumny*. Mais la fille fait ses aveux et il a l'air d'un parfait idiot, la bouche grande ouverte avec rien qui n'en sort. La mère pleure, la fille lui crie qu'elle n'avait qu'à l'écouter quand elle se tuait à lui faire comprendre que son vrai père la touchait quand elle était petite. La mère se jette sur la fille et le bonhomme laid pour essayer de les séparer et le public s'agite quand votre ami entre dans le salon et dit :

« C'est quoi tout ce boucan ? Tu n'es pas censée te trouver au lit, toi, la mourante ? »

Vous éteignez la télé et regagnez votre chambre en seconde vitesse.

« Tiens, avale ça. »

Il enfouit une cuillère dans votre bouche, remplie à ras bord de ce sirop infect supposé calmer votre mal de gorge atroce, et vous examine comme s'il allait se passer quelque chose. Rien ne se passe, il a l'air déçu.

« Ben quoi, tu penses que ça va me guérir comme ça, une cuillerée et hop, c'est fini ? »

Vous regrettez vos paroles devant sa mine déçue, il devait croire dur comme fer en son sirop.

« C'est mieux, ça pique déjà moins. »

Vous l'embrassez sur la tempe, là où c'est tout doux et un peu dégarni et enfouissez la tête dans le creux de son cou.

« Tu es un amour de t'occuper de moi ainsi. Je suis une peste, je ne te mérite pas. »

Il approuve et essaie de vous peloter sous votre jaquette.

« Non mais, tu ne comprends rien, obsédé ! Je suis fatiguée et le sexe ce n'est pas reposant ! »

« Bennn voyons, qui a dit ça ? Tu n'auras qu'à te laisser faire, pas besoin de bouger, hummmm... »

Il est toqué, le bas-ventre à la place de la tête. Vous le refroidissez en lui éternuant sur le dessus du crâne, un autre site dégarni que vous adorez embrasser, d'habitude, au lieu d'y cracher.

« Tu vois bien que je suis vraiment malade, lâche-moi un peu. Vite, un mouchoir, mon nez commence à couler, c'est le Niagara ! »

La morve, il n'y a rien de tel pour tiédir un infirmier un peu trop fougueux.

— Il n'y a plus de *kleenex*, je n'ai pas pensé à

45

regarder avant d'aller à la pharmacie. Désolé. Il faudra te contenter de papier de toilette.

— Merci. J'aurai le tour des narines croûté avant demain, il est raide comme du carton ce papier, maudit. Attends que ce soit ton tour, je vais te servir des *Scott-towels*.

— En veux-tu ? Il y en a aussi.

Lancez-lui le rouleau de papier, il s'amuse un peu trop à vos dépens, ça ne va pas, ça.

Dites-lui qu'à partir de maintenant, vous ne parlerez que pour dire l'essentiel car les barbelés ont envahi votre gorge. Il se réjouit.

« Ça a dû être le fantasme de tous tes *ex*, que tu perdes un jour la voix, ne serait-ce que pour deux minutes. »

Conservez vos énergies, déstabilisez-le en ne répondant pas, et contentez-vous de sourire comme un ange, comme si vous n'aviez rien entendu.

— Peux-tu éteindre la grosse lumière en sortant? Je voudrais faire une sieste.

— J'irais bien te louer un film pour ce soir, mais tu vas encore trouver une façon de critiquer mon choix.

Répétez le sourire angélique.

— Mais non, mon chéri. Prends quelque chose de comique, ça me, ça nous fera du bien. Le docteur je ne sais qui a dit que le rire...

— Ça va, ça va, on le sait. Et tes cordes vocales, tu n'es pas censée les ménager?

Encore votre sourire irrésistible. Il vous embrasse et vous souhaite de tomber dans les bras de Morphée.

— Murphy, pour les filles.

— Idiote. Morphée, c'est un gars. Je reviens bientôt, avec un film et un bâillon.

Il est adorable.

Le sommeil ne vient pas ; vos pensées, par contre, font la queue à la porte de votre esprit. Votre mère occupe toutes les premières places dans la ligne d'attente. Une qui brandit un thermomètre, l'autre une bouillotte d'eau chaude, l'autre une bouteille de lait de magnésie, encore une, avec une menace de sanatorium au bout des lèvres. Elles portent toutes un petit tablier rose constellé de moutons qui gambadent dans un pré vert lime, chaussés de bottines. Vous le connaissez, ce tablier ; il repose, tout élimé et irrémédiablement beurré dans un tiroir parfumé, sous vos sous-vêtements. C'est la première chose sur laquelle vous avez mis la main après sa mort, ce bout de tissu taché des ingrédients de cette nourriture qu'elle vous servait et que vous refusiez d'avaler. « Tu vas rester maigrichonne et en *p'tite* santé toute ta vie si tu ne te forces pas ». Toute la rue était au courant qu'elle devait couper le bifteck en petits morceaux avant de vous le cuire en semelles de bottes, de façon à ce qu'aucune trace de sang ne vous décourage de les avaler. Toute la rue vous trouvait maigre. Aujourd'hui, toute la rue souffre sûrement d'embonpoint et vous envierait votre taille de fourmi.

Étrange. Vous savez que votre mère ne risque plus de vous déranger avec un appel téléphonique, vous épuiser avec ses propos dans lesquels vous n'étiez jamais le sujet, à moins que vous ne soyez malade ou en larmes au bout du fil. Pourtant, elle continue de vous appeler sans arrêt, de là où elle s'agite encore, l'urne, le ciel, le paradis des catholiques bigots. Votre tête sert de cabine téléphonique à son au-delà. Sauf que maintenant, vous vous donnez la réplique à toutes les deux, les questions et les réponses, les critiques négatives, toute la conversation quoi. Vous en êtes capable, ayant de toute évidence hérité de sa verve intarissable, de son incapacité à retenir votre langue et d'une imagination maladive pour les choses qui font mal à l'âme. Les pensées inutiles, doublées, malheureusement, de paroles superflues. Votre petit ami ne vous a-t-il pas encore dit tristement, avant-hier : « Tu es parfois si blessante, tu ne te rends pas compte. Je t'aime, tu le sais bien, mais je n'aime pas tout de toi. » Bien sûr, ces traits de caractère que vous n'aimez pas non plus et que vous détestiez chez votre mère, vous les reconnaissez mais ne pouvez pas en éviter les effets. Vous vous sentez impuissante, en ces moments où le venin coule de vos lèvres. Maudite couleuvre maternelle, lovée de vos entrailles à votre gosier, qui vous fourche la langue et vous empoisonne des parcelles de vie.

« Me voilà ! Dors-tu ? »

Il interrompt le flot de vos pensées ; tant mieux, ce n'est pas une façon de se reposer, ruminer sur sa mère morte mais pas enterrée.

« Non, tu peux entrer. »

Votre voix sonne toute fine, maigrelette, elle tremblote.

« Qu'y a-t-il ? Tu pleures ? »

Il vous serre dans ses bras, tout odorant de l'air frais du dehors. On dirait que ça vous débloque le nez tout à coup.

— Serre-moi.

— C'est ce que je suis en train de faire.

Le silence, le rare silence qui parvient parfois à prendre corps entre vous deux, offre à cette place obscure dans votre cœur l'occasion de se dilater ; une émotion (ça ressemblerait un peu à cela, l'amour?) détend cette espèce d'élastique qui vous attache à la peur d'aimer. Laissez-vous aller, voilà, ça ne peut faire mal. Oubliez votre mental, ce singe fou qui ne vous accorde aucun répit.

— J'ai loué un bon petit film, je pense.

— Ne parle pas.

La surprise fige votre ami ; c'est bien la première fois que c'est vous qui lui dites de ne pas parler. Il regrette presque d'avoir rompu le silence, de crainte qu'il ne revienne jamais, enfin, pas avant cent ans. Vous serre davantage, pas tellement plus, vous pourriez en être contrariée et la trêve des mots se trouverait inexorablement sabotée. Il vous croit évanouie, morte. Mais non, vous remuez doucement une main dans son dos, prenez la sienne et la déposez sur votre sein droit, son favori, le vôtre aussi.

« Qu'est-ce que tu fais là, il ne faut pas que tu t'énerves, chérie. »

Il retire sa main. C'est bien la première fois qu'il ne profiterait pas d'une telle opportunité, mais l'heure est, dirait-on, remplie de premières fois. Un sourire reconnaissant s'étend sur vos lèvres et fait briller la pénombre. Les mots continuent de courir tranquillement vers le cimetière des mots qui ne sont pas nécessaires. Les démons peuvent se reposer un instant, peut-être plus, et les anges se rhabiller.

49

« Qu'est-ce que c'est, ton film ? Pas un truc plein de filles en bonne santé j'espère ? »

Il tombe du ciel, soupire, allume la lampe de chevet et vous présente le boîtier.

— C'est quoi, cette blondasse en *baby-doll* ? Tu ne pouvais pas louer quelque chose de tranquille, avec des animaux parlants ou des petits enfants qui font des mauvais coups ou une femme admirable qui se meurt du cancer entourée de sa famille, je ne sais pas moi, quelque chose d'humain ? Tu prends toujours des films de gars !

— Ecoute, ce n'est pas un film sur une fille en pyjama, je ne sais pas pourquoi ils l'ont flanquée là, on la voit cinq minutes et...

— Déshabillée, je suppose !

— Tu me fatigues et tu te fatigues toi-même ! Referme-la un peu ! Fais-moi donc confiance pour une fois. Je l'ai vu ce film, il est excellent, je sais que tu vas l'adorer. Ton acteur favori y joue le rôle du sale type, tu sais, celui qui jouait le rôle du bon type dans *Sexe, mensonges et vidéos*. C'est toi qui va s'exciter, pas moi.

Il se lève du lit avec un gémissement d'exaspération, vous n'osez répliquer. Mince ! Pourquoi ne pouvez-vous vous retenir de gâcher les bons moments ? Êtes-vous atteinte d'une maladie mentale incurable contractée dans le ventre de votre mère, qui débilitera vos relations avec l'autre sexe jusqu'à la fin de vos jours ? « Ma p'tite fille, il ne faut pas faire confiance aux hommes, n'oublie pas ça. Regarde ton père, tu ne l'as jamais vu, c'est mieux comme ça. » Vous vous haïssez, vous et votre mère. Surtout elle, non, surtout vous.

Respirez un bon coup, retenez les larmes qui essaient de se frayer un chemin entre vos cils et excusez-vous. Ça fait mal, surtout dans votre état, mais ça soulage, un peu.

— Il ne s'agit pas de toujours s'excuser, ma belle. C'est trop facile. Il faudrait que tu apprennes à éviter d'avoir à le faire. J'aimerais bien sentir que je fais quelque chose de correct, parfois.

— Excuse-moi.

Bon, vous voilà partie, avec les larmes, la morve et tout le tralala. Et lui qui oublie les dards et vous encercle de ses bras rassurants.

— Tu sais, ma chérie, je t'aime mais l'amour, ça s'use à force d'essuyer des reproches. Et toi qui me parles si souvent de ta mère qui critiquait tout et tout le monde et qui est morte toute seule, tu fais pareil. Je suis patient, mais j'ai mes limites.

Vous le savez bien, mais vous n'osez rien ajouter, de peur qu'il ne s'agisse encore d'une bêtise. Vous décidez de ne plus jamais ouvrir la bouche, sauf pour prendre votre air, quand vous nagerez.

« Bon, ça y est. Tu as décidé de devenir muette ? Ça ne durera pas. Je vais faire à souper. »

Il s'en va, très loin, dans la cuisine, et le tintement des casseroles vous parvient d'une autre planète, celle où, pour vous, il semble n'exister aucune surface stable pour poser vos pieds et garder l'équilibre.

Tout se bouscule dans votre tête ; il s'y promène une foule de gens mais personne ne s'attarde à vous. Si, votre mère. Elle vous tend les bras et vous vous y blottissez, toute petite. Elle vous met au lit, y installe une bouillotte enveloppée dans une serviette, vous fait avaler une aspirine rose écrasée dans de la confiture de fraise, remonte la couverture de laine jusque sur vos oreilles et dépose un baiser sur votre front brûlant. Elle chantonne « C'est la poulette noi-re qui a pondu dans l'armoi-re... » La maman idéale, en cas de maladie.

Une nausée vous soulève le cœur, soudainement. Vous vomissez une chose difforme sur le plancher propre. La lumière blafarde y dessine un petit mouton qui gambade dans un pré, chaussé de bottes. Vous courez après le mouton en riant, vous avez huit ans, la vie est simple comme un courant d'air frais. « Habille-toi, tu vas attraper du mal...ne cours pas comme ça, tu vas te faire mourir...tiens, tu éternues encore, tu vas finir au sanatorium...continue à ne pas manger, tu vas attraper toutes les maladies... » Ça y est, vous avez perdu l'esprit, ça devait arriver.

Votre ami vous ramasse sur le sol, vous brûlez de fièvre et prononcez des sons, des tentatives de mots. Il soutient votre tête, vous fait avaler deux comprimés et vous berce. Chante « C'est la poulette gri-se qui a pondu dans l'égli-se... C'est la poulette oran-ge, qui a pondu dans la gran-ge... » très faux, comme lui seul sait chanter aussi faux. Mais lui est vrai, plus que tout ce que vous pouvez imaginer, et vous laissez pondre tous les œufs du monde par cette poulette qui passe par toutes les couleurs. Mais, la noire, il oublie la noire !

L'armoire se referme, avec dedans toutes les pensées inutiles, et les mots, et les peurs. Il ne reste que vous, faible et molle par ce jour chagrin comme un jour de pluie. Et pourtant, il fait soleil dans votre cœur. Il fait beau, dans ces bras.

Chaleur

Je marche depuis des heures et des heures, je ne sais plus combien. Une sueur odorante m'enrobe comme un second vêtement, mes chaussettes de laine asphyxient mes pieds dans mes espadrilles. Ma tête est vide, seul mon corps montre que je suis en vie, malgré ma démarche d'automate. Ça se voit, c'est certain, que je ne suis pas bien. Je ne sais pas où je vais, mais j'espère que là où j'aboutirai, il y aura une réponse.

Je me souviendrai longtemps de ce douze juillet. Je déteste l'été. Les rues grouillaient de voitures qui empestaient davantage l'atmosphère et, sur les trottoirs, les gens rampaient à la recherche d'ombre, tout ça en une espèce de ralenti surréaliste. L'air sursaturé de poussière et de monoxyde de carbone devenait de plus en plus irrespirable. Certains se promenaient avec une serviette trempée d'eau sur les épaules ou encore, aspergeaient leur peau cramoisie à l'aide d'un vaporisateur d'eau fraîche. Moi qui supporte mal la chaleur, qu'elle soit sèche ou humide, j'avais envie de tuer. C'est ce que j'ai fait.

Je ne sais pas si Dieu pardonne à toutes ses brebis égarées, rendues folles par quarante degrés avec « l'indice humidex ». Je ne sais pas si, là où IL est, l'air se fait parfois aussi rare qu'ici-bas. Pour être honnête, je ne sais pas à quel manque d'air il faut imputer la faute pour justifier l'acte que j'ai commis.

Je me souviens. Il faut dire que c'était juste ce matin. Mais de toute façon, j'ai une mémoire d'éléphant pour les affaires que je préférerais oublier. Je lui ai crié un truc moche, comme « Laisse-moi respirer, tu me prends tout mon air. J'ai plus de place à moi ! ». Je lui ai dit ça, ou quelque chose de pas très littéraire du genre : « Dégage, fais de l'air ! ».

Je ne sais plus, en fait. Le baromètre atteignait déjà trente degrés à l'ombre à dix heures du matin. La moitié de mon cerveau avait fondu, les murs se rapprochaient de moi, j'étouffais coincé dans cet appartement trop petit pour trois. C'est à ce moment-là que le chat, son chat, a eu la mauvaise idée de grimper sur mes genoux, avec ses trente millions de poils angora et sa face laide et aplatie que je n'ai jamais pu regarder avec sympathie. Des erreurs, ces animaux.

Je n'ai pas réfléchi, c'est évident. Je suis un amoureux de la nature, en temps ordinaire. Je n'ai jamais tué un insecte. Mais je l'ai empoigné par la queue et je l'ai balancé en bas du troisième étage. Croyez-moi, ce n'est pas toujours vrai qu'un chat retombe sur ses quatre pattes, surtout si, avant de toucher le sol, il rencontre sur son parcours une clôture aux pointes acérées.

J'ai cru que ma blonde allait m'arracher les yeux, mais elle n'a pas pris le temps. Elle s'est littéralement jetée en bas. Je n'ai pas entendu le poids de son pas dans l'escalier quand elle est descendue, comme si elle avait volé, ou glissé le long de la rampe, chose impossible mais que j'ai toujours rêvé de faire moi-même.

J'entendais des cris d'horreur, les siens et d'autres, ceux de notre propriétaire qui devait s'en faire pour sa clôture fraîchement peinturée.

Il faisait chaud, tellement chaud, mais je ne sentais plus rien à ce moment. À part un petit quelque chose de brisé en dedans de moi. J'aurais pu attendre le retour de ma blonde, mais je me sentais incapable de l'affronter, à cause du chat évidemment, mais surtout parce que j'étais trop faible pour lui annoncer qu'elle était veuve une seconde fois. Deux fois en dix minutes, c'est pas mal de deuils à encaisser. J'ai un cœur quand même. De toute manière, depuis le temps que notre histoire prenait l'eau, je ne peux pas croire qu'elle m'aurait pleuré plus que son chat. Dommage pour lui, tout de même. J'espérais qu'il soit mort sur le coup. On ne peut souhaiter une mort pareille à personne, encore moins à un animal.

Je ne suis pas resté là pour faire un examen de conscience, chose dont ma blonde, mon ex-blonde, me croit incapable. J'ai pris mon sac à dos, une pomme et un bout de fromage – j'ai toujours pensé que l'un ne va pas sans l'autre – et je suis sorti par derrière. Comme font les lâches, je suppose. Par devant, j'aurais risqué de recevoir le cadavre du chat sur la tête, ou tout au moins, une bonne claque. Et des commentaires, j'imagine.

Je marche depuis ce temps-là. Si l'on fait abstraction des cafés et boutiques pour animaux où je m'arrête. La culpabilité, une affaire de fille à ce qu'on dit, me ronge pourtant. J'ai l'impression que chaque minou que je regarde dans sa cage sait que j'ai tué l'un de ses congénères, et qu'aucun ne voudrait venir avec moi. Que l'élu s'accrocherait comme un forcené après ses barreaux si l'employé essayait de le sortir de son abri pour me le donner. Moi, le tueur de chats. Je ne pourrais pas le blâmer.

Je suis un peu fatigué, pas mal en fait. Je ne sais pas encore où je vais, mais j'y vais. S'il y a un Bon Dieu pour les petits minous, ce sera peut-être l'endroit qu'il aura choisi pour me faire expier mon crime.

L'attrapeur

J'aime bien les salles d'attentes, et je m'en méfie, à la fois. Celles des cliniques médicales surtout, toutes spécialités confondues, où la diversité de microbes répartis sur autant de visiteurs constitue un attentat majeur à ma mauvaise santé. Toutefois, il s'agit là d'un lieu propice à nombre d'occasions pour aiguiser mon sens critique. J'adore observer un patient qui commence à montrer des signes d'impatience, ou d'ennui, qui se lève pour engueuler la réceptionniste impuissante en espérant lui faire comprendre son drame personnel ou, du moins, lui faire croire que son cas est terminal et ainsi briser l'ordre de la liste d'attente. Ce qui ne marche jamais.

Parfois, pour rompre l'ennui – car cela arrive que je me trouve à court et que le temps finit par paraître aussi long qu'un roman-fleuve – je « remarque » une fille et j'imagine que, malgré son air lunaire et moribond, elle pourrait être celle qui romprait mon interminable célibat. Celle-là par exemple. Intéressante. La morve au nez – hiver oblige – le kleenex qui fait la navette entre la goutte et la manche de son chandail vert-jaune-bleu-mauve-rouge-orange-doré-turquoise, elle lit *L'Attrape-cœur*. Salinger. L'auteur culte de mes vingt ans. Il m'a donné le goût d'être écrivain à mon tour. Sa prose coulante semble si facile à imiter. Mais j'ai dû me rendre à l'évidence : n'est pas Salinger qui veut. J'ai donc changé mon crayon d'épaule et je me suis attelé à la poésie, pensant, en diminuant la quantité de mots, réduire par le fait même, le degré de difficulté d'écriture. Mais j'ai constaté que je composais des vers comme un pied. Un petit cinq pieds quatre pouces. Nul pour un gars, autant apparemment pour un écrivain. Et puis, il faut le dire, je suis bourré de fautes d'orthographe, même quand je parle. Alors, à quoi bon ? Je me suis résigné à mettre une croix sur ma carrière d'écrivain célèbre et je me résous à rester simple lecteur d'écrivains célèbres.

J'aime regarder les gens lire. Alors je la regardais, elle, lire mon livre adoré. Une page, deux pages. Je l'enviais. Parfois, quand j'ai terminé un roman qui m'a médusé, j'aurais envie ne jamais l'avoir lu pour pouvoir le relire. Ce qui est parfaitement ridicule. Des réflexions de ce genre, j'en ai plein la poche.

Je l'ai regardée lire encore, trois pages, quatre, elle lisait vite. On aurait cru qu'elle survolait les pages, glissait sur les mots sans en attraper un. Sans me soucier du regard des autres, j'ai quitté le siège que j'occupais depuis une bonne demi-heure pour m'approcher d'elle et m'asseoir sur la chaise libre juste à côté. Absorbée comme elle l'était, elle n'avait pu voir que je l'observais depuis un moment. Tout le monde si, sans doute, mais pas elle. C'était l'essentiel. Quand j'attaque, je tiens à avoir l'air spontané, pas de quelqu'un qui s'est préparé pendant une décennie.

— *L'Attrape-cœur*, hey, j'ai lu ça, y a une dizaine d'année. Ça m'a secoué. J'adore ce roman.

— Ah bon ? Combien de fois tu l'as lu ?

— Ben…une seule.

— Ah bon ? Moi, c'est la cent soixante-treizième fois.

— Ah oui ? En plusieurs langues peut-être ?

— Non.

— Tu dois le connaître par cœur ?

— Non. Je fais exprès d'oublier chaque mot une fois que je viens de le lire. Comme ça, je peux reprendre le livre du début à la fin comme si c'était la première fois.

Est-ce que j'ai toujours rêvé de rencontrer une fille de ce genre, style timbrée-littéraire, pas trop belle mais folle à souhait ? Trop occupé à pédaler à toute allure dans mon labyrinthe mental, en mesurant la possibilité de répondre à ça, de comprendre où ça voulait, où ça devait s'en aller, j'ai omis de considérer mon but premier, tomber amoureux. J'étais *The Catcher in the Rye*, à la poursuite d'une logique aussi difficile à attraper qu'une aiguille dans un champ de seigle.

— Mais, si tu oublies chaque mot après l'avoir lu, comment fais-tu pour suivre l'histoire ?

Les lèvres pincées en un pli hyper-contrarié, les yeux maquillés d'une sorte de haine, ou de stupeur, je ne sais plus, elle m'a jeté un de ces regards noirs qui m'a fait sentir plus gêné que si elle m'avait pris la main dans son sac. Elle donnait l'impression d'être prise en flagrant délit et de prendre conscience devant moi de la nature de ce délit.

Heureusement, ou malheureusement, la réceptionniste a hurlé son nom dans le micro. Un truc aux consonances russes, ou tchèques, ukrainiennes, polonaises, peut-être yougoslaves, enfin je n'ai rien compris, ça sonnait comme des castagnettes. Je ne comprends rien aux femmes de toute façon. Des livres fermés, bouclés à double-tour, avec un titre compliqué sur la jaquette.

Elle a refermé son bouquin avec un claquement théâtral. Comme effet, on ne pouvait rêver mieux et, d'un geste prompt, elle l'a mis dans sa sacoche, une sorte de grosse poche déformée par le poids des choses. J'ai bien eu le temps d'apercevoir, au fond de ce sac, une bonne dizaine de copies de *L'Attrape-cœur*.

Dans un bruissement d'angles qui s'entrechoquent, elle a soulevé sa poche et s'est levée, bougonne, hermétique comme une huître et, sans me regarder, elle s'est engouffrée dans le bureau du psy. Emportant avec elle une réponse que je cherche toujours à une question que je n'aurais jamais dû tant chercher. Ou une réponse qui n'existera jamais à une question qui n'aurait jamais dû exister.

Bruce, oh Bruce !

On l'a embarqué sur le pouce mon chum et moi, entre Rivière-du-Loup et Trois-Pistoles. Quelque part dans cette région. De loin, il ressemblait à Bruce Willis, sans le tricot de corps déchiré, par exemple. De près aussi. J'ai crié à mon chum « Arrête ! On le prend ! ». Il a dépassé Bruce de quelques mètres avant de réagir et a freiné dans un crissement de pneus. On a déconfiguré net le bord de la route. Tous les cailloux avaient changé de place. Bruce a saisi son sac qui paraissait plutôt lourd et a couru vers nous avec un drôle de déhanchement, pas du tout dans le style *Bruce saves the world*. J'ai baissé la fenêtre et on s'est retrouvé nez à nez. Ses yeux étaient bleus très bleus. Son haleine sentait les arachides. « Je vais jusqu'à Rimouski. Vous me prenez ? » Sa voix avait un goût de miel. Je dis « Nous aussi, à peu près, dans ce coin-là. Embarque ! » sans consulter mon chum. Il n'avait pas le choix d'être d'accord. Je paye l'essence après tout. Bruce a jeté son sac de sport sur le siège arrière où il s'est ensuite engouffré. Son odeur épicée s'est répandue d'un coup et a imprégné le tissu des banquettes, la moquette, ma robe et la chemise de mon chum, le petit sapin « sent-bon », tout. Une odeur de muscade et de forêt. Je réagis fortement aux odeurs ; les images explicites qui m'ont pénétrées auraient décoiffé mon chum, s'il avait vu sur l'écran de mon esprit.

Évidemment, il ne s'appelait pas Bruce mais Steve. Il fallait s'y attendre, Steve est un nom de *pouceux* parfait. Peut-être qu'il l'avait choisi pour l'occasion. Et puis, on peut bien donner le nom qu'on veut quand on sait qu'on ne se reverra plus. « Je m'appelle Anna Karénine et voici mon chauffeur Harrison Ford », je lui dis. « Salut Anna, salut Harry », qu'il dit. On rigolait bien. Je l'appelais n'importe quoi, Steve Winwood ou Steve Fiset, ou Steevy Dan, pour faire choquer mon chum qui est un fan de Steely Dan depuis qu'il est en couches et je me demande bien pourquoi il n'est pas encore sorti des couches depuis le temps. On se chamaille sans arrêt à propos de musique. Il n'y connaît rien à rien, il est resté à l'âge de pierre du rock tarte. J'ai essayé de le rééduquer, mais rien à faire, il est indécrottable.

— Alors, Steve McQueen, tu vas faire quoi à Rimouski ?

— Je vais voir mon père qui vient de mourir, Gregory Peck.

Je ne savais pas s'il blaguait ou quoi, je n'osais pas rire, mais mon chum ne s'est pas retenu, lui. Je lui ai toujours dit qu'il était parfois un cratère en matière de tact. « Est-ce que ta mère Bette Davis sera là ? » Il a continué à rire. Steve riait aussi, je ne pouvais pas croire que son père était mort de fraîche date. Je ne sais pas ce que ça fait d'avoir un père mort, mais il me semble que ce n'est pas un sujet à hilarité. On aurait dit que ces deux-là étaient drogués, ou quelque chose du genre.

En vérité, son père venait vraiment de décéder.

Une crise cardiaque. Si Steve se permettait d'en rire, c'est parce qu'il trouvait drôle d'imaginer le père en question y passer entre les jambes d'une prostituée. Je n'aurais jamais cru qu'il y avait des prostituées dans le Bas St-Laurent. Il a rajouté « Ma mère est morte il y a cinq ans. Il ne s'est jamais remis avec une autre. Aller voir une fille de temps en temps, ça lui allait ». Mon chum a rappliqué. « C'est sûr qu'avec une fille de joie, c'est moins compliqué qu'avec une blonde ». Je l'aurais étripé. J'aurais dû lui arracher les poils du bras, il haït ça plus que tout au monde. Steve a protesté, le chou. « Je n' ai pas de blonde depuis cinq ans, ce n'est pas une raison pour aller courailler les putes ». Je jubilais. Il me plaisait vraiment. Mon chum avait l'air d'un haricot sec à côté, avec ses cheveux pris en pain à cause du *spray-net* qu'il avait l'habitude de s'y vaporiser avant le moindre de ses déplacements à l'extérieur, parfois même pour aller seulement de la cuisine au salon. Il a une confiance infinie en son fixatif pour la finalité de son look. Je trouve qu'il sent comme ma mère, et lui ressemble en plus, avec cette crête immobile sur le crâne. Steve portait une casquette marine qui amplifiait le bleu de ses pupilles, sur une tête presque rasée, ahhhh, comme Bruce. « Tu ressembles à Bruce Willis, faut que je te le dise ». « Elle trouve que tous les hommes ressemblent à cet abruti, ces temps-ci. Elle fait une obsession. La semaine passée, elle mangeait ses céréales dans le lait au chocolat. Elle a une nouvelle obsession chaque semaine ». « C'est quand la dernière semaine où ça a été toi, son obsession ? » Vlan ! Mon rire a fait le bruit d'un verre qui se casse en mille morceaux et les débris ont atteint mon chum en plein visage.

On n'a plus rien dit pendant quelques kilomètres. Le paysage défilait devant nous, monotone comme un rouleau de papier toilette qui se déroule, quoi, et j'ai fini par ressentir le besoin de dire quelque chose, n'importe quoi. Le silence à trois, trop longtemps, ça me tue. Ça me fait trop sentir les pointes du triangle. Alors je dis quelque chose : « Qu'est-ce qu'il y a, dans ton gros sac ? » Mon chum m'a servi un air comme on peut imaginer et Steve m'en a fait un que j'ai aimé. Il a ouvert la fermeture éclair de son sac, dans un espèce de ralenti, comme dans les films, et en a sorti un long long couteau muni d'une lame de quelques longs longs pouces. Il a dit « Rangez-vous sur le côté tranquillement et il n'y aura pas de problème ». Mon chum a arrêté la voiture bien sagement, un vrai petit mouton. Il n'est jamais si conciliant quand je lui demande de changer de poste de télé. Je lui en ai presque voulu d'obtempérer si facilement. Mais le Bruce en lui est enfoui bien profondément. Steve nous a donné l'ordre de sortir, sur un ton de dictateur nazi, plus du tout avec sa voix de miel. Il nous a lancé nos sacs, encore heureux, et avant de démarrer, il a ajouté « Si vous n'appelez pas la police, vous retrouverez votre char intact rue Belzile à Sainte-Anne-des-Monts d'ici à demain ». « Pas de problème, prends ton temps », qu'il a fait, mon vaillant amoureux. Je n'en revenais pas.

On a marché jusqu'au premier motel en se chicanant durant tout le trajet. J'ai pensé comme ça qu'il serait sage de ne pas mentionner un certain nom pour quelque temps et surtout d'éviter de voir un film avec le gars portant ce nom. Au cas où.

Coup de langue

J'ai un problème. Tous les jours de la semaine, à 17 h, quand j'entends son pas dans l'escalier, j'ai envie de le tuer. Je suis dans la cuisine, coupant les légumes, la viande, tout ce qu'il mangera sans façon, assis devant sa télé, avec pour seul merci un rot tonitruant, et je me vois le hacher aussi menu que l'oignon qui me fait pleurer en faisant abri à la cause véritable.

J'ai d'innombrables raisons de vouloir le tuer. J'en ai parlé à une amie qui m'a fortement encouragée d'aller jusqu'au bout de ce qui, pour l'instant, n'est qu'une fabulation morbide due à mes frustrations accumulées. Elle m'a même suggéré des manières de procéder, propres et moins propres, des trucs subtils et moins subtils. Peu importe, m'a-t-elle dit, ce qui compte, c'est le résultat et ce résultat est ta délivrance. Que tu lui enfonces son couteau à steak dans le ventre ou l'empoisonne au curare, ça revient au même. Tu débarrasses le monde d'un parasite et ta maison d'un spectre obèse. Tu es encore jeune et belle. N'attends pas qu'il te mette enceinte. Tu te protèges au moins ?

Mais voilà, non, je ne me protégeais pas et le sperme était fertile. Je suis enceinte de six semaines et il ne le sait pas. Pas plus que je ne sais ce que je vais faire de cet enfant inattendu. N'était-ce la peur qu'il lui ressemble, je l'aurais ce petit, car il me reste encore de l'énergie. Mais, de l'énergie, m'en restera-t-il après l'avoir tué, ce futur père indigne de l'être ? Sont-ils plus indulgents, en prison, envers une femme qui porte un enfant ?

Mon amie dit que je me pose trop de questions et que tourner ainsi autour du pot m'empêche tout simplement de passer à l'acte. Elle me propose du moins de quitter la maison, mais il me rattraperait vite fait et puis, où irais-je ? Depuis que cet homme habite ma vie, la mienne ne se déroule que dans ma tête, dans la cuisine surtout. D'amie, je n'ai plus que celle qui m'incite à le tuer. Pour s'en être tirée avec tout juste un prélart à nettoyer après avoir supprimé le sien, elle croit que les solutions se trouvent toutes dans la suppression, peu importe le problème. C'est ainsi qu'elle s'est retrouvée à la tête de son bureau en faisant disparaître son patron, je ne sais comment. Faut dire qu'il l'avait mérité, si l'on suppose qu'un homme mérite d'être éliminé pour avoir éliminé les pauses-café de ses employés.

Je ne sais pas quoi faire. Le voilà qui ouvre la porte. Il accroche son manteau à la patère, enlève ses bottes pleines de saletés du chantier. Il chante toujours la même chanson. Son odeur de sueur parvient à mes narines tandis qu'il s'approche, je coupe un bout de céleri, un autre, un autre, un autre, ma vie est un long céleri. Il ouvre le frigo, sort une bière, la décapsule, se penche vers moi, me donne un baiser collant dans l'oreille et reçoit le couteau en plein ventre.

Il l'a bien cherché. Je déteste quand il met sa langue dans mon oreille.

Gina forever

Lui, avec l'œil adorateur, c'est Bertrand. Elle, l'adorée, c'est Gina. Ginette, en fait, mais Gina colle mieux avec son look, dit-elle.

Depuis que Gina sort avec Bertrand, elle se trouve les seins trop petits, surtout le droit (« Tu es folle, ça ne paraît même pas ! »), le ventre débordant (« Où ça, un ventre ? Tu es plate comme un galet poli ! »), la peau des fesses granuleuse (« Lâche-moi un peu le gant de crin, tu vas t'user l'épiderme ! »).

Elle se cherche d'autres défauts, et son œil lapidaire allonge la liste de ce qu'elle nomme sa galerie d'imperfections : nez trop pointu (« Belle petite lutine ! »), ombre de moustache (« Ta lèvre est si douce »), comédons luisants (« C'est dans tes yeux qu'il y a des points noirs ! »), dos maigre (« Tu es élancée comme une gazelle, ma belle »), une suite de petites irrégularités qui lui étaient étrangères auparavant. Elle se tient dans l'ombre de Bertrand, et cette ombre l'éclabousse de lumière, une lumière crue qui ne laisse rien au hasard et lui réfléchit son corps telle une surface inégale sur laquelle son regard ne se repose jamais.

Bertrand, lui, semble si parfait, armé de ses pectoraux ardents, son ventre découpé de gentils rectangles musclés, ses jambes et son torse décemment poilus. Il peut vivre hors de tout doute avec cet attirail de conquérant. Alors qu'elle...

...alors que lui n'a que faire des prétendus défauts de Gina. Il aime jusqu'au dernier de ses boutons, lorsqu'elle lui en fait remarquer un, microscopique, le pointant avec un gros doigt dénonciateur. Il aime même son prénom de Ginette, qu'elle repousse à grands cris lorsqu'il l'appelle ainsi. Il est si détendu avec elle qu'il s'oublie parfois.

Un jour, Gina se plante nue devant lui, dans le soleil impardonnable du matin.

« Regarde, dit-elle. Ne viens pas me dire que c'est si beau ».

Pour toute réponse, il fond sur elle, se fond en elle avec une raideur dont il a à peine senti la naissance, tant la vue de son aimée électrocute ses circuits et le détache de toute réalité où elle n'est pas inscrite.

« Ne touche pas mes seins », lui dit-elle, tandis qu'il commence à bouger en elle, presque doucement, une main sur chacun d'eux, les paupières mi-closes.

« Ne me regarde pas comme ça » , souffle-t-elle dans son oreille lorsqu'il ouvre les yeux pour contempler le visage qui l'inspire.

« Non, ne fais pas ça », se lamente-t-elle comme il se tord le cou pour voir leurs ventres se rencontrer.

Le va-et-vient de ses interdictions accompagne celui de leurs corps, berce Bertrand dans son coeur aimant, jusqu'à la fin.

Il aime ça ; c'est sa Gina forever, sa Ginette rassurante, telle qu'il la connaît depuis toujours.

Inspiration sans scrupule

Jamais vous n'avez demandé, ni même souhaité, devenir écrivain. Ça vous est tombé dessus comme ça, comme une punition. Il existe, vous en êtes convaincue, de meilleures façons de vivre sa vie que de se terrer dans un coin d'appartement à espérer la saloperie de muse. Pour la énième fois, vous regrettez de ne pas être une fille ordinaire, style secrétaire, avec des talons, une jupe, une coiffure, un chemisier de soie rose. Ou quelque chose comme ça, posséder une allure conventionnelle, un métier honnête qui ne vous donne pas envie de vous suicider à tous les coins de rue en vous jetant sous un camion-remorque les jours où l'inspiration se tient coite. Taper des lettres, les remettre à un patron typique qui ne vous regarde qu'après avoir regardé l'horloge pour s'assurer que vous n'avez pas triché sur votre pause-café, frotter vos orteils trop serrés dans vos escarpins en dépouillant le courrier, quitter le bureau une minute avant l'heure, rejoindre un amoureux qui vous attend en voiture dans le parking, n'est-ce point là synonyme de bonheur et de salaire honorablement gagné ?

Grattez-vous la tête, sentez-vous misérable ainsi prostrée devant votre ordinateur, et demandez-vous s'il ne faudrait pas capituler et vous présenter au bureau de l'assurance-emploi tandis que vos prestations sont encore actives, pour demander s'il n'existe pas un programme spécial pour les ratés du millénaire. Quémander un projet de recyclage pour arriérée déclassée par la nouvelle technologie, supplier qu'on vous mette à niveau en vous branchant sur un programme de secrétariat informatisé, de technologue du bâtiment, d'esthéticienne robotisée, n'importe quoi. Bon, ça suffit. Giflez votre joue droite, pas trop fort car vos vaisseaux sanguins sont délicats : une technique bancale mais efficace pour vous rappeler que vous êtes dotée d'un talent rare et inestimable et qu'il serait sacrilège de le négliger. « I am an *artiste* » dites-vous avec un chic accent français à qui veut vous entendre lorsque vous êtes ivre. Le sort vous a choisie. C'est ainsi, par l'écriture et pas autrement que vous changerez la face du monde et émergerez de votre grimace permanente. Sortez donc prendre l'air, allez dans le parc, peut-être y rencontrerez-vous le premier mot de votre prochain chef-d'œuvre.

Il y a des chiens partout, et ce qui s'en suit : crottes et maîtres. Grosses crottes et petits maîtres ; vous marchez dans une et foncez dans l'autre. Un type rachitique affublé d'un béret idiot et d'un sac en plastique à la main. Vous vous escrimez à gratter de votre semelle ce qui aurait dû se trouver dans le sac. La saleté s'est infiltrée entre les rainures, il faudra un coton-tige pour enlever tout ça. Vous pestez. Le type retient un rire, c'est visible. Essayez de vous retenir de le frapper. Son gros chien préhistorique rôde autour de vous, il s'intéresse à votre califourchon. Les chiens s'y intéressent toujours plus que les hommes, dirait-on. Ignorez le dingue à béret qui pouffe au lieu de s'excuser, et poursuivez votre chemin en prenant un air digne. Tentez une démarche naturelle tout en appuyant sur votre pied droit pour le frotter contre l'herbe. Vous avez l'air d'effectuer une sorte de petite danse « hommage à la terre » mais tant pis. Vous n'avez pas envie de laisser dans votre sillon une odeur infecte qui vous donnerait une réputation merdique.

Prenez l'allée de gravier près des arbustes qui clôturent le parc ; la poussière et les petits cailloux qui roulent sous vos semelles finiront de les nettoyer. Levez la tête, appréciez le chatoiement complexe des feuilles dans les arbres colorés par le soleil de midi, les écureuils voltigeant comme des acrobates de branche en branche, les oiseaux gazouillant un chant compliqué. Demandez-vous pourquoi votre vie n'est jamais simple. Demandez en même temps aux dieux de l'inspiration de vous tendre les bras et de vous emporter loin du cimetière des mots perdus où vous errez, désespérée, depuis une semaine déjà. Cherchez une réponse, essayez d'entendre une voix qui dit des choses exotiques « pléthore... breloque...alpage...inique...gousse», concentrez-vous sur le bruit de la petite pierre sous vos pas. Fermez les yeux à demi. Cette sonorité singulière vous emmènera peut-être sur un chemin fertile en idées... Il ne faut rien laisser au hasard, ne rien négliger.

Asseyez-vous sur un banc, à proximité de ce couple qui échange des bouts de leurs sandwichs. Sortez votre carnet d'écrivain et notez sans exception tout ce qui parvient de leurs bouches à vos oreilles. « Tu as mis trop de moutarde... as-tu rincé le céleri avant de le couper ? Tu ne le fais jamais et on avale des tas de produits chimiques... ton jupon dépasse un peu... je n'aime pas quand tu mets la tranche de fromage entre les feuilles de salade... ». Changez de place, aucune chance d'illumination ici.

La vue des sandwichs trop-de-moutarde vous a ouvert l'appétit. Dirigez-vous vers le supermarché, cette grande surface propre et alléchante où ventre affamé élimine tout discernement. Reconnaissez avoir fait une erreur : il ne faut jamais entrer dans une épicerie le ventre vide si votre porte feuille l'est tout autant. Tout vous tente, de la conserve à la botte de persil. Votre panier est rempli le temps de le dire, mais de façon très originale : vous avez classé les aliments par ordre alphabétique. Évidemment, personne d'autre que vous ne le sait. Piquez une course dans l'allée des desserts, pour les voir le moins possible. Ce que vous voyez par contre, c'est votre ex qui se frotte contre sa nouvelle acquisition, une blonde juchée sur des sortes de tours Eiffel (c'est elle qui aurait dû piler dans la merde avec ça), juste en face du rayon des biscuits, là où vous escomptiez tout de même faire un arrêt. Les roulettes de votre panier font un train d'enfer, on dirait un convoi de marchandise qui déraille, tous les regards se tournent vers vous, surtout le sien.

« C'est bien toi ça, incapable de passer inaperçue. Je suppose que tu as tout classé de A à Z ? »

Rougissez, évitez de regarder la grande perche et faites-lui du « comment ça va ? » comme si de rien n'était. Essayez de ne pas vous demander comment il se fait qu'il se retrouve avec une fille de ce genre après avoir passé un an avec vous. En lorgnant l'attifement sophistiqué de la poulette, ne cherchez pas à vous souvenir qu'il critiquait sans cesse votre manière de vous vêtir, de ne pas vous coiffer, d'envisager votre « carrière ». Sans aucun doute, elle est mannequin pour *Zellers*, ou démonstratrice au rayon cosmétique d'une pharmacie.

« Alors, tu essaies toujours d'écrire ? »

Dites-lui que oui, que ça marche, montrez-lui comme preuve votre panier rempli à craquer de victuailles (espérez qu'il ne remarque pas que tous les produits sont estampillés de l'étiquette rouge « Spécial ») et faites la fine :

— Et toi, ta petite et moyenne entreprise, toujours petite ou maintenant moyenne ?

— Mets-en que ça marche ! J'ai dû prendre une employée.

Il pointe la pimbêche qui s'est éloignée et qui fait mine de s'intéresser aux purées pour bébés.

« Ah oui ? Et à quoi elle sert ? Te donner des orgasmes en fin de journée ? »

Vous êtes enragée. Dire que vous étiez contente d'être débarrassée de cet empêcheur d'écrire et que maintenant, vous fulminez devant le fait qu'il vous ait déjà remplacée.

— Écoute, je pense que j'ai le droit de faire ma vie comme je veux et si tu es frustrée, toi, c'est plus mon problème.

— Ah ! Parce que tu admets que si je l'étais, c'était ton problème ? Tu as raison ! Tu me tirais toute mon énergie avec tes critiques, ton ambition personnelle, tes projets, je n'arrivais pas à me concentrer pour écrire, tu as retardé ma carrière !

Voilà, vous êtes en train de vous ridiculiser devant un public curieux. C'est fou le nombre de personnes qui font leur épicerie à l'heure du dîner.

— Ta carrière ? Parlons-en ! Elle est bonne celle-là ! La moitié du temps sur le chômage à te plaindre devant ton ordinateur, ordinateur que j'ai financé d'ailleurs, le reste du temps à te plaindre encore de devoir travailler au salaire minimum, que je suis un mauvais amant, que je te coupe l'inspiration...

— Ah tu me relances ça encore, l'histoire de l'ordinateur ! C'est bien toi, espèce de *cheap* ! J'en ai assez entendu. Je te souhaite bien du bonheur avec ta guerrière Viking teinte en *l'Oréal* n° 32 !

Partez vite de là, vous savez très bien que vous êtes en train de perdre la face et qu'il est plus fort que vous en arguments.

Roulez en deuxième vitesse jusqu'à la caisse et présentez votre carte de guichet automatique d'une main tremblante. Vous détestez la chicane, bien que vous adorez la provoquer. Elle est une source d'inspiration inouïe. Le poids de vos trois sacs étire vos bras jusqu'aux genoux, ça ne fait rien. Vous courez plus que vous ne marchez vers votre appartement.

Et là, enfin, délivrance ! L'élastique qui retenait l'inspiration s'est détendu. Vous écrivez : l'histoire vraisemblable d'une pauvre fille victime d'une relation chaotique avec un type radin, macho, éjaculateur précoce et dévoré par l'ambition qui l'empêche de se vouer à sa carrière d'écrivain célèbre et qui, de surcroît, la trompe avec une prostituée de luxe assez laide mais lubrique qui se nourrit de purée pour bébés.

Les dieux de l'écriture sont de votre côté, le démon de l'inspiration s'est finalement emparé de vous, vos doigts sont comme fous sur le clavier financé par le type de l'histoire. Ne vous souciez surtout pas des aliments qui croupissent sur le comptoir ; avec ce succès littéraire assuré, vous pourrez bientôt acheter sans hésiter tout ce que vous désirez sans que votre panier d'épicerie ait à rougir des étiquettes. Et oubliez le grippe-sou rencontré à l'épicerie avec sa catin montée sur des échasses ; ils n'en valent pas la peine.

Le jour où on vous jette

Votre *chum*, celui-là même que vous jugez habituellement si monotone, prévisible et incapable de la moindre idée extravagante, vous en amène une bonne cette fois : il suggère que vous vous *reposiez* un peu l'un de l'autre en prenant deux semaines de congé. Sans préavis. Vlan ! En plein cœur de votre syndrome prémenstruel, le temps *idéal* pour les surprises de ce genre... Il n'a visiblement encore rien compris de votre délicate nature.

C'est en tout cas ce qu'il vous demande, le mufle, car il s'agit bien là d'une demande. Peu importe la motivation réelle se dissimulant sous ce qu'il nomme de façon diplomatique « suggestion ». Ça fait mal, ça saigne déjà, impossible d'encaisser calmement. Tout de même, s'attend-il à la réaction d'un modèle de vertu ? Suivez votre instinct primaire : poussez les cris les plus hauts que vous permettent votre registre de *blonde* experte en hystérie, mais retenez-vous de le mettre en pièces ; il porte la belle chemise que vous lui avez offerte lors d'un jour meilleur. Côté sonore, c'est réussi : des tas de décibels qui arrachent les tympans. Une spectaculaire éructation de mots perdus dans des sons perdus dans des mots perdus.

— Arrête, espèce de folle braquée. Tu fais pire que le caniche de Mme Poirier en bas !

— Je n'ai pas envie de prendre des vacances de toi. Qu'est-ce que tu as ? Qu'est-ce que j'ai fait ? Tu as quelqu'un d'autre en vue ? Tu ne dis rien. C'est ça, hein ? Allez, dis-moi tout, assassine-moi, tu as déjà commencé !

— Tu as fini un peu ? Tu ne me laisses pas placer un mot ! Toi, quand tu embrayes, plus moyen de t'arrêter. C'était quoi la première question ?

— Je ne m'en rappelle plus.

— Je te crois, un vrai train-vapeur, une *vomisseuse* de reproches. Bon, écoute. Non, il n'y a personne d'autre, p-e-r-s-o-n-n-e, je te le jure, j-u-r-e.

— Arrête d'épeler, ça m'énerve.

Il prend vos mains par-dessus le coussin *jumbo* que vous avez placé entre vous et lui puis entreprend de détordre les dix doigts que vous avez savamment tricotés ensemble. Vous résistez, ça lui prend un moment, vos doigts sont plus musclés que vous ne le pensiez. L'effet dramatique est à son comble.

— Tes jointures sont toutes blanches. Tu vas couper la circulation du sang puis tes doigts vont tomber un par un. Tu auras l'air bien fine après ça. Plus personne ne voudra de toi.

— J'ai encore mes dix doigts et tu ne veux déjà plus de moi.

— Idiote.

Il dépose un baiser dans le tendre du cou, là où vous aimez le plus. En fait, moins que dans le creux du genou mais en ce moment, vos genoux ne sont pas disponibles. Il bécote gentiment, on dirait un petit oiseau qui picore. S'il pense vous avoir ainsi...

— Je ne veux rien remettre en question. Je ne veux pas courir les jupons. Je veux seulement être avec moi-même pour quatorze jours.

— Je t'étouffe, c'est ça ?

— Ne fais pas l'hystérique, tu es capable de comprendre, je le sais. Tu as déjà réagi avec plus de souplesse dans des situations plus dramatiques.

— Ah oui ? Nommes-en une, s'il te plaît ?

— La fois des petits cornichons sucrés.

Il vous a eue. Votre rire vole, fait éclater vos dernières résistances. S'il a envie de vous voir rire encore, c'est bien que vous comptez pour lui. Décrispez-vous, soupirez, faites une moue adorable, vous savez laquelle. Jouez la grande compréhensive, pour une fois. Voir ce que ça donne.

— Bon. Combien de jours veux-tu pour ta retraite de vieux garçon ?

— Du deux au seize.

— Inclusivement ?

— On verra. Peut-être que le quinze, j'aurai envie de grignoter n'importe quoi de toi. Un petit bout d'oreille, là, un petit coin d'épaule, là, ce petit bout de nez...

— Arrête, j'ai un début de rhume que je n'avais pas avant que tu m'assommes avec ta nouvelle. En tous cas, pendant ton absence, je vais au moins en profiter pour porter mon stock de petites culottes défraîchies.

— Tu veux dire celles dont j'ai étiré les élastiques ?

— C'est ça, pas fin.

Il jette le coussin par terre et son corps sur le vôtre. Vous faites l'amour en silence. Les ressorts du sofa grincent, vous distraient légèrement, on croirait des petits vieux qui couinent sous votre dos. Mais, du moins, votre amour est-il là, au-dessus de vous, les yeux fermés. Trop fermés : vous tentez de voir au travers ses paupières, comme si ses pensées réelles se trouvaient là, tapies derrière les cils, dans l'eau bleue des iris. Vous l'étreignez, les paupières s'ouvrent mais il ne vous voit pas, vous en êtes convaincue.

Quand il rebondit le six du mois, vous pourriez lui claquer la porte au nez, ce n'est pas l'envie qui vous manque, mais sincèrement, vous éprouvez un réel soulagement. De sentir à nouveau sur votre visage l'étendue limpide de ces yeux dans laquelle vous vous êtes si souvent noyée sans mourir, de voir son corps appuyé de façon si familière contre le cadre de la porte. Vous récolterez les dix dollars pariés avec votre meilleure amie, un soir de consolation arrosé de bière, qu'il se pointerait avant le huit. Il ne vous a pas abandonnée.

Vous ne faites pas l'amour, ni tout de suite ni plus tard. Tout de suite, il vous explique que sa décision est prise et qu'il n'y reviendra pas et, plus tard, pendant l'hémorragie interne de la déchirure intolérable, vous avalerez plus de comprimés que votre petite bouche muette ne pourra en contenir.

Mal orienté

J'ai une furieuse envie d'aller aux toilettes. Ce qui tombe très mal car il monopolise l'endroit depuis dix minutes, assis dans une posture de grenouille extatique, le visage plissé comme s'il suçait un citron. « C'est le seul endroit où je peux avoir la paix » qu'il m'a presque crié. « Si tu as un besoin trop urgent, pisse dans le lavabo ». Facile pour un gars, peut-être. Mais pour une fille, qui a les jambes courtes comme moi, c'est impossible. Et puis, il n'est pas question que je m'humilie ainsi. Je suis chez moi tout autant que lui, après tout.

Il médite, mon chum. Ça passe avant tout, comme tout ce qui le concerne. Mes besoins primaires peuvent attendre. Depuis que tout a commencé, j'ai dû comprendre bien comme il faut que sa « quête de vérité » allait surpasser ma quête d'affection, en importance, et en intensité. Je n'ose pas lui demander si l'ingestion quotidienne de riz est une condition *sine qua non* du cheminement. Il est très susceptible sur tout ça.

Assise sur une chaise droite, concentrée pour empêcher ma vessie d'éclater, je ne m'aperçois pas que mon pied donne de petits coups nerveux sur une patte de la chaise. Lui oui. Il s'éjecte de son temple. Les yeux comme des pistolets, gesticulant comme s'il maniait un sabre, il crie presque : « Est-ce qu'il y a un endroit dans cet appartement où je peux méditer en silence » ? Je ne lui réponds pas, je me précipite sur le trône sans attendre. « Écoute, *Sri Machinchouette*, cet endroit correspond au lieu de libération de la vessie, pas de ton esprit. Trouve-toi un autre coin à l'avenir ». Il est furibond, sa main part et frappe ma joue. Juste assez, pas encore trop. J'ai l'habitude de ses petites sautes d'humeur. Pour se détendre et se recentrer, il se prépare un thé vert. Je ne lui dis pas qu'ils utilisent encore le DDT pour vaporiser leurs plantations, en Chine et aux Indes. Il ne me croirait pas et me talonnerait pour connaître mes sources. J'ai lu ça dans une revue très sérieuse pourtant. C'est drôle, ça m'a presque fait rire. Il en boit des kilos chaque semaine.

L'après-midi est consacré à ses postures de yoga. Il est tordant. Et tordu, surtout. J'aime bien tester son équilibre et sa concentration en passant tout près de lui. Bien sûr, je reçois inévitablement une claque ou une injure dont le thème est mon ignorance en matière d'élévation spirituelle, mais ça vaut le coup, pour vérifier le sérieux de son entreprise ; son engouement a toujours suscité des doutes en moi. Il crie presque : « Si tu t'y mettais un peu, au lieu d'être si oisive, tu cesserais peut-être de tourner mon cheminement en farce. Tu n'as aucune compréhension des efforts que ça demande pour marcher sur la voie spirituelle. Aucune compassion non plus. Lis un peu sur le tantrisme, le bouddhisme et la réincarnation, et tu verras que tu es mal partie pour ta prochaine vie ». Je ne sais pas. Je le regarde aller. Depuis six mois, il colle à tout ce qui vient de l'Orient, et je pense que dans sa prochaine vie, il risque de se retrouver en grain de riz dans une rizière, le grain oublié que personne ne ramassera.

On décide d'aller dehors pour prendre l'air. En passant devant un parc, on s'attarde devant des gens qui font du tai-chi. « C'est joli », lui dis-je. « Même que je suis surprise que tu n'en fasses pas. Ça ne manque pas à ta palette ? » Il crie presque : « C'est une mode ! Ils se prennent pour des Chinois, ils ne comprennent rien à ce qu'ils font ». « Chut ! Ils vont t'entendre ! » Mais il continue à pontifier, sur un ton méprisant. « Ils s'exhibent comme s'ils donnaient une performance. La voie spirituelle ne fait ni bruit ni étincelle ». Sauf quand tu donnes tes claques, je pense. On arrive à la maison et je me dépêche d'aller au petit coin, car je sais que son heure de *recueillement* approche. Il fait les cent pas en psalmodiant un *mantra* qu'on dirait inventé de toutes pièces. Je fais des *back-vocals* une note au-dessus de la sienne, je trouve ça très esthétique. Pas lui. Je me retrouve hors du lieu saint le temps de dire « *Om* ». Le bleu sur mon bras est du même bleu que celui du Bouddha de la médecine, qui tapisse la porte du frigo. J'y prends un glaçon et frotte mon ecchymose en méditant sur la compassion, l'amour et toutes ces notions sur lesquelles il théorise depuis le début de son délire spirituel. Et je décide de les mettre en pratique, à mon endroit.

Je suis donc passée à l'est, moi aussi ; j'habite maintenant un petit trois et demi tout simple, avec salle de bain à usage unique, juste à côté du jardin botanique. Le samedi midi, je vais marcher dans le jardin chinois, les mains croisées derrière mon dos. Je marche, tout simplement, et je réfléchis, ou pas. Puis, sur un sentier qui serpente jusqu'au jardin japonais, je compte mes pas, et en moins d'une centaine, je me retrouve devant l'étang aux lotus. Je m'assieds sur un banc et là, immobile, un léger sourire sur les lèvres, je n'attends rien. Je contemple mon sentiment de liberté.

Mon chat, mon chum

J'aime mon chat. Il s'intéresse à tout. Assis sur le bord de la fenêtre, il regarde. Je le regarde regarder. Une araignée passe, un flocon de pollen, une feuille frémissante, sa branche qui fléchit. Le vent soulève une poussière, la poussière danse. Mon coeur remercie les yeux du chat. Je vois des choses.

Je vois aussi mon chum. Écrasé dans le fauteuil du salon, à des milles d'ici, il gobe de la télé. Il s'intéresse à tout. Tout ce qui passe, à la télé. Je suis désespérée : j'aime mon chat plus que mon chum.

Dernièrement, j'ai pensé que jamais je ne pourrais ressentir autant d'adoration pour un homme, quel qu'il soit. Est-ce que je pourrais dire à un type en le serrant à l'écrabouiller : « T'en fais pas mon petit bébé d'amour, je ne t'abandonnerai jamais » ? Est-ce que je caresserais les cheveux d'un gars pendant de longues minutes contemplatives comme je brosse la pelisse de mon chat en ayant envie d'en embrasser chaque poil ? Je l'aime viscéralement. À en avoir peur. Il se fait un peu vieux.

Pas mon chum. Il en a encore pour quelques années, lui. Il allonge son espérance de vie en se gavant de bières ; c'est plein de vitamines, dit-il. Faut croire qu'elles se stockent toutes dans son ventre. Mon chat a un petit bedon émouvant. Lorsqu'il court dans le corridor, il ballotte de chaque côté de son corps gentiment dodu. Je le mangerais.

Mon chum mange, de tout. Sauf de moi. Il ne m'a jamais fait cette caresse, il craint ce qu'il pourrait découvrir. L'endroit par où me faire jouir, par exemple. L'autre soir, il a pris ma main pendant son émission favorite, celle avec des tas de filles très jeunes et pas tellement vêtues. J'essayais de lire, mais ma concentration faiblissait devant ces corps terrifiants dans leurs maillots écarlates. Je me comparais, je ne suis pas si moche. Il a enroulé mes doigts autour de son pénis ; j'ai eu un choc, ça faisait longtemps que je ne l'avais touché aussi dur. Mon chat nous observait, sérieux, assis dans une immobilité de petit bouddha en méditation ; ça m'a perturbée. J'ai tellement serré que l'autre a hurlé. Du moins a-t-il vu qu'au bout de la main se trouvait une fille en trois dimensions. J'ai continué à serrer. C'est drôle, je ne contrôlais plus mes doigts. Ni ceux de mon autre main qui a empoigné ce qui dépassait et tout le tralala. J'aimais ça, autant que lorsque je triture mon chat pour épancher ma rage d'affection. Lui, il adore se faire broyer le gras autour du corps, il ne crie pas ainsi. Il ne crie pas « tu es folle, lâche-moi, qu'est-ce que tu cherches à faire ? ».

Bon, d'accord, j'y suis allé un peu fort. Je pense que les bikinis de silicone dans l'émission y étaient pour quelque chose. Je suis un peu confuse ces temps-ci. Mon chum moins. Depuis l'épisode de l'étau, il se méfie de moi. Il ne me touche plus. Ça me laisse indifférente. L'air méfiant, il nous regarde regarder, mon chat et moi. Mais il ne voit pas ce sur quoi on médite. Un rond de lumière endormi sur le plancher, une fourmi qui trottine sur le bord de la fenêtre, les pétunias que la brise échevelle en silence. Il ne sait pas ce qu'il manque.

Sept jours, six nuits

Premier jour, 4 juillet

Six heures du matin. Le cadran assassine votre dernière seconde de sommeil. Allez debout là-dedans ! N'êtes-vous pas décidée à profiter de chaque seconde de ces vacances que vous attendiez comme une suppliciée depuis la fin des dernières, cinquante semaines plus tôt ? D'autant plus que, pour la première fois en dix ans, c'est en célibataire que ça se passera.

Pourquoi perdre du temps à ruminer une fois de plus sur ce constat tragique. Souvenez-vous plutôt combien vous êtes devenue forte et fine depuis votre rupture. Prendre une décision est maintenant un vrai jeu d'enfant (surdoué). En trente minutes, quatorze petites annonces, quatorze interurbains, vous avez organisé votre semaine : un mignon petit chalet « grand comme un $3^1/_2$ », entouré de pins géants, loin du bruit de la route, avec vue sur le lac au creux du Mont-Orford. Vous ne l'avez pas vu, mais au téléphone, les intonations et les arguments du propriétaire vous ont convaincue : pour le prix demandé, trois cent dollars, vous ne trouverez pas mieux. À la dernière minute, pas question de faire la difficile. Il vous en a fallu du temps pour intégrer et digérer le fait que vous devriez vous débrouiller seule cet été. Et puis, les Cantons de l'Est, quel lyrisme, avec ses vallons, ses montagnes, ses sentiers vous menant près du ciel, les ampoules aux talons et le gras du mollet tendu. En vérité, vous avez horreur de cette mode de la randonnée pédestre, de tout ce qui oblige à se rompre le corps en fait, sauf faire l'amour, et encore. Avouez-le, vous souhaitez rencontrer votre dernier petit ami qui escalade en fou le Mont-Orford quarante-deux fois par été. Vous espérez que la baie vitrée du chalet offre une vue imprenable sur tous les sentiers qu'il pourrait choisir. On ne sait jamais, quoi. Avec une bonne paire de jumelles... L'optimisme fait maintenant partie de votre *motus vivendi* de célibataire.

Bagages. Vous avez oublié comment voyager léger. En fait, départager les choses nécessaires des choses superflues n'a jamais été votre fort. Aurez-vous envie de coquetterie, pleuvra-t-il, fera-t-il chaud-froid-humide, rencontrerez-vous quelqu'un qui vous fera regretter de ne pas avoir emmené votre tunique impériale qui donne envie de ne faire qu'une bouchée de vous ? Et que faire du séchoir-radio-cassette-crème-épilatoire-robe-de-chambre-chat-ordinateur-livre-de-recettes ? Quoi mais quoi mais quoi ? Vous n'avez jamais su, vraiment. C'est le temps de faire vos preuves. Mettez de côté tout ce que votre dernier amoureux en liste, expert en vacances tous genres, vous disait de laisser de côté. Sauf le chat, vous n'avez pas trouvé de gardienne spécialisée en minous. Il appréciera gambader dans l'herbe, ça le changera du balcon. Et il se sentira moins seul que s'il restait à la maison.

Ahhh... comme vous avez hâte de respirer l'air purifié par les conifères, de nager dans l'eau limpide du lac, d'observer votre peau couleur lait écrémé prendre des reflets dorés et quelques mélanomes ! Cessez de rêver. Il est temps de mettre votre attirail dans la voiture. Et le chat dans sa cage. Et sa litière qui empeste. Vous déjeunerez en chemin, des fruits, un muffin, des petits riens, vous adorez grignoter n'importe quoi et sans arrêt, depuis votre rupture.

La chaleur dehors vous prend par surprise, vous détestez la chaleur. Elle vous rend folle, exécrable, encore plus lorsque vous étiez avec votre ex, Jean-François, qui lui, adorait dégouliner. Vous haïssiez tout ce qu'il aimait. Il aimait tout ce que vous haïssiez. Quelque chose comme ça. Chose courante dans les couples.

Le chat n'est pas d'accord avec l'idée d'être enfermé et encore moins sur le siège arrière, monsieur. Il rugit, si bien que vous le libérez. Il va aussitôt se réfugier sur vos genoux. C'est compliqué de conduire ainsi. Mais il est trop mignon, laissez-le là, vous finirez par l'oublier. Comme lorsque Jean-François s'endormait la tête sur vos cuisses pendant un film que vous adoriez. Il fallait l'oublier, sinon votre plaisir était irrémédiablement gâché. Vous avez toujours méprisé les gens qui s'endorment n'importe où n'importe comment, surtout sur des cuisses maigres et osseuses pendant un bon suspense.

Il fait trop chaud avec cette boule de poils sur vos jambes ankylosées. Arrêtez-vous à cette halte routière bordée de bouleaux et de gros camions avec chauffeurs parmi lesquels il s'en cache peut-être un, cerveau inclus.

Replacez vos cheveux dans leur désordre initial, mettez la boule à ronrons sur le siège du passager, remontez la vitre et sautez sur l'asphalte brûlant avec des gestes de princesse bouleversée par la canicule. Faites jolie, on ne sait jamais. Justement, voilà un *prospect*, le genre brute repentie. Il mange un sandwich, assis directement sur la table à pique-nique, les pieds sur le banc. Il vous regarde en mâchant, la bouche un peu ouverte. Ça vous intimide, vous marchez croche. Vous ne demandiez pas autant d'attention. Vous allez droit vers les toilettes en faisant mine d'être bien au-dessus de tout ça, sa bouche qui mastique lentement, ses yeux qui vous avalent et, une fois à l'intérieur, vous vous précipitez vers le miroir pour voir ce qu'il peut bien vous trouver. C'est vrai que vous êtes assez irrésistible malgré votre teint béchamel et vos cheveux anarchiques. Dépêchez-vous de ressortir avant qu'il ne s'en pointe une autre, les hommes intéressants sont si rares. Après tout, vous êtes libre, disponible, prête à croquer. Un peu de drague ne vous fera pas de mal. Et puis l'autre, l'ex, de son côté, ne se gêne pas, vous en êtes certaine. Il ne s'est jamais gêné, d'ailleurs, si sûr de son *sex-appeal* avec ses bottes de marche usées-sexy, le bas de laine roulé, valorisant un mollet juste comme il faut, le salaud. En fait, IL ne draguait pas, VOUS étiez jalouse (qu'il disait).

Le camionneur mâche autre chose, un gâteau qu'il fait descendre à grandes rasades de lait. Ça vous excite, qu'il boive du lait. Il vous fixe maintenant, il rote en mettant sa main devant sa bouche. Poli en plus. Vous esquissez un sourire, il vous le rend, avec les dents. Pas gêné pour deux sous. Il vous fait un signe avec la main droite, la gauche va dans sa poche et en ressort un paquet de cigarettes. Ah non, il fume ! Souvenez-vous de l'haleine dégueulasse de Jean-François quand il fumait tout de suite après un grand verre de lait. Mais ce n'est pas le temps de faire la difficile ; de toute façon, il ne s'agira là que d'une aventure de halte routière, il peut bien fumer tous les champs de tabac de la planète s'il veut mourir d'un cancer ou tué par sa propre haleine.

« *Hi, sweetie ! Come and sit.* »

C'est bien votre chance, il est Américain. *Sweetie...* il y a des premières fois à tout. Restez vous-même, gardez votre français.

« Bonjour ! »

Vous vous asseyez sur la table à vingt-deux centimètres de sa hanche en lui tendant la main. Il la prend mollement, la sienne est chaude et moite. Un autre point en sa défaveur ; avec la cigarette et l'haleine de lait, ça commence à le discréditer sérieusement. Mais il porte ce tricot de corps, hmmm. Et il a de tels yeux, on dirait qu'il vous connaît déjà à la façon qu'il a de vous regarder jusqu'au fond, là où vous n'êtes plus habillée du tout. Vous ramollissez, tous vos arguments de défense s'effondrent avec un bruit de cacahuètes en écales écrasées que vous seule pouvez entendre, fort heureusement. Il serait dangereux de vous rendre visible dans votre vulnérabilité. Vous savez que les camions recèlent de petits habitacles assez confortables pour tout faire.

— *Where are you going all alone like that ? On vacation ?*

— *I'm not alone, my cat is with me.*

Vous sortez votre anglais du terroir. Il rit et vous trouve adorable, aucun doute là-dessus. Doit avoir envie de vous embrasser, sans plus attendre. Ou alors, vous faites de la projection, encore. Dieu qu'il est beau, avec ses sourcils plein de poils, son menton plein de poils, son torse, son nez, ses oreilles, tout le contraire de Jean-François qui était imberbe comme un bébé. Finalement vous découvrez que vous les aimez poilus. Ça vous donne un choc, une telle révélation, à 35 ans.

— *Do you feel like walking around ? I have half an hour to waste before I go.*

— *Yeah, sure, why not, pourquoi pas ?*

Vous voulez être sûre d'être comprise.

Vous marchez côte à côte sans parler. Pas besoin, il est clair que le plaisir d'être ensemble est mutuel. Il vous regarde de temps en temps avec ce regard de conquérant, et quand il vous entraîne, en riant, sur l'herbe, vous ne résistez pas. Ce sont vos vacances, vous en faites ce que vous voulez, n'est-ce-pas ?

Vous l'embrassez la première, il semble surpris. Il n'en demandait pas autant. Mais ce qui vous étonne, c'est que sa bouche n'a pas retenu le goût du lait conjugué avec celui du tabac. Il goûte la vanille, le coco, toutes sortes de saveurs exotiques qui vous montent à la tête. Des envies de viol vous assaillent.

« *Hey, slowly, sweetie, I just wanted to hug and rest on the grass. We don't know each other, after all.* »

Il fallait bien que ça vous arrive : un homme rose, quelque chose du genre. *American pink trucker.* Incroyable. Il se met à vous parler de lui-même, comme ça, et vous n'avez pas posé une seule question. Vous posez votre tête sur son épaule et écoutez, tandis que votre bas-ventre se détend. Vous avez l'impression d'ouïr une version orale d'un curriculum vitae. Vous vous endormez légèrement. Ça ne vous est jamais arrivé de vous assoupir comme ça ailleurs que dans votre lit, ce doit être à cause de la chaleur, de sa voix monocorde et douce. Ses mots résonnent comme les paroles d'une chanson ; pas étonnant, il chante, ça vous réveille d'un coup sec. Il chante du *Simon and Garfunkel*, « *Are you going to Scarbourough fair ... »*. C'est beau, mélodieux, vous vous appuyez sur un coude pour le regarder chanter, il sourit dans vos yeux en chantant, vous voilà amoureuse, vous voilà amoureux. Que va-t-il advenir de vos vacances, du chalet, du chat, de votre travail en ville ?

« *I have to leave, sweetie. Have a long way to go. It's getting late.* »

Il est à peine dix minutes de plus que tantôt.

Pourquoi vous a-t-il raconté sa vie si c'est pour vous planter là vingt minutes après ? Dormiez-vous quand il vous parlait de sa blonde, de ses enfants, quelque chose du genre ? Vous faites la grande indifférente en vous redressant de tout votre séant, et l'accompagnez tranquillement jusqu'au stationnement. Il n'est pas camionneur du tout ! Il conduit une petite japonaise bien ordinaire, avec des boules de billard en peluche marquées du numéro quatre accrochées au rétroviseur. Il se penche vers vous et vous embrasse comme s'il s'agissait du dernier baiser de sa sainte vie, le salaud, avec sa langue qui manque de vous couper la respiration tant elle s'enfonce jusqu'à votre luette. Il vous sert de la

95

sweetie encore une fois et démarre en vous laissant rôtir sur le bitume, ni vue ni connue.

Votre chat est heureux de vous revoir. Il miaule, asphyxié dans son habitacle dont vous avez laissé les vitres fermées, sans cœur, entièrement obnubilée que vous étiez par vos plans lubriques.

« Ok, Boui-boui, on y va. Ça ne va être que toi et moi, jusqu'à la fin de la semaine, juré. Les vacances, c'est fait pour se reposer et non pas pour se virer la tête. Je ne sais pas ce qui m'a pris. »

Boui-boui vous regarde avec un air incrédule, mais il retourne sur vos cuisses en ronronnant, sans rancune. Vous n'êtes jamais déçue par votre chat, il vous considère comme la seule et unique femme de sa vie. Surtout à l'heure des repas.

Vous retrouvez peu à peu votre bonne humeur, *sweetie* s'effaçant tranquillement de votre mémoire.

Vous y voilà: 28, rue du Muguet, Lac à la Truite. Boui-Boui se jette hors de la voiture, il a hâte de tâter de l'herbe, lui qui n'a connu que le bois-franc et le contre-plaqué du balcon. En deux secondes, il a disparu. En deux secondes, votre enthousiasme aussi disparaît : votre chalet « grand comme un petit $3^1/_2$ » se révèle une bicoque aussi éloquente qu'une tente-roulotte. Ne vous dégonflez pas aussi vite, attendez de voir l'intérieur. Peut-être les proportions y prennent-elles un tout autre aspect, grâce à d'astucieux agencements de couleurs et de mobiliers.

La clé se trouve comme prévu dans la boîte aux lettres, une espèce de réplique miniaturisée de *La petite maison dans la prairie* qui s'avère beaucoup plus jolie que là où vous vous apprêtez à pénétrer. Vous retenez votre souffle en insérant la clé, elle tourne bien, bon signe. Boui-boui réapparaît, petit minou d'amour, il a senti qu'il vous fallait du soutien.

Bon sang de bon sang de merde.

Vous prenez conscience à l'instant des trois règles cardinales de la location de chalet :

1. Ne jamais louer un chalet avant de l'avoir visité, à moins qu'il ne vous soit recommandé par un ami sûr.

2. Ne jamais croire le baratin d'un type qui veut louer son chalet, à moins de le regarder en face (le type) avec photos du chalet à l'appui.

3. Ne jamais rompre avant le début de l'été avec un petit ami qui lui sait organiser des vacances qui en vaillent la peine.

Faites courageusement face à l'évidence : vous vous êtes fait avoir. C'est arrivé à d'autres avant vous, et ça vous arrive tout le temps de toute façon, surtout par les mecs. Riez, ou du moins essayez. Il n'y a pas mieux que le rire quand ça fait mal. Boui-boui n'a pas l'air de s'en faire, il met son museau partout et finit par s'installer sur le canapé élimé brun tête-de-nègre qui s'insère bien dans le décor de tapisserie brun tête-de-nègre et beige.

Vous risquez un pas, quatre en fait, et vous êtes rendue vers la soi-disant « chambre des maîtres » qui, en fait, ne consiste qu'en un lit cloîtré par quatre planches de *gyproc*, sur lesquelles des monstres au visage hideux grimacent en s'entre-tuant. Assurément une œuvre des enfants du propriétaire, ou la sienne. Non, oh non, vous ne pourrez jamais dormir encastrée ainsi comme dans un tombeau, avec ces têtes de cauchemars vous zieutant dans la pénombre. Vous jetez un coup d'oeil au lit pliant, un futon à motifs égyptiens comme c'était la mode il y a dix ans : brun, noir et beige. Il s'harmonise bien avec les murs et le prélart. Il semble confortable, mais une fois déplié, il monopolise la moitié de la cuisine. À propos de la cuisine, le moteur du réfrigérateur vrombit comme un 747 et celui servant à garder l'eau fraîche gémit tout autant. Quant à l'eau, celle qui sort du robinet, elle a la couleur du décor ambiant et l'odeur fétide de celle qui suinte dans la cuvette des toilettes. Justement, au-dessus des toilettes, un mot qui dit « Ne tirez la chasse que lorsque la cuvette est pleine de pipis, svp ». Avec un « s » au mot pipi. Une fois assise sur le trône, vos genoux s'enfoncent dans le rideau (brun) de la douche verticale. Vous faites pipis, *woups*, pipi, et jetez sagement le papier dans la poubelle de plastique (beige, quelle cohérence) prévue à cette fin. Merde, vous avez tiré la chasse ! Il faudra coller l'affiche sur le rideau de douche, pour l'avoir devant vous à chaque besoin.

Aussi bien vous résigner tout de suite, sinon vous ne ferez que vous rendre malheureuse. Oui, c'est petit, mais vous n'avez qu'à étirer un bras ou une jambe pour aller d'un point à l'autre sans forcer. N'est-ce-pas tout à fait pratique ? Bien sûr, les bruns et beiges ne font pas partie de votre palette de couleurs favorites, mais comme c'est reposant un peu de changement, non ? Et il y avait si longtemps que vous n'aviez vu de tapisserie des années mille neuf cent soixante-dix comme celle-là, avec de petits ronds imbriqués dans de gros ronds, ceux-là dans d'encore plus gros ronds, le tout dans ce dégradé de couleurs si, si... Malédiction maudite ! Pourquoi essayer de vous convaincre que vous serez heureuse dans ce chalet de merde, avec personne pour le critiquer et en rire ? Jean-François aurait eu le don de dédramatiser. Il vous aurait fait voir le beau dans ce tas de laid, mais vous, d'un naturel pessimiste et négatif....*arrrgggh* ! Vite ! dehors ! allez respirer l'air verdoyant, sortez les bagages de la voiture, la nourriture de la glacière, bougez, que diable. Cessez d'avoir envie de hurler, de tuer, d'étrangler, d'éviscérer, de griffer.

Boui-boui s'accommode mieux que vous des environs, il a déjà décidé d'établir sa litière sous la table de pique-nique. Vous n'avez même pas envie de le dissuader. En marmonnant des menaces de mort à l'endroit du propriétaire véreux, vous déchargez vos trucs et les jetez sur le futon égyptien. Vous ne prenez même pas le temps de regarder le paysage ; il n'existe pas, au sein de votre désolation, totalement immobilisée dans l'enclos qui sera votre refuge pour sept jours, six nuits. Il n'y a plus de pins, plus de lac, plus de petits suisses grimpant sur les troncs des bouleaux, plus de ciel bleu. Que votre mauvaise humeur et le monologue intérieur qui se raffine de minute en minute. « Comme tu aimes ça te faire du mal avec tes propres pensées ». Hey, ça va faire la tête, vous n'avez pas besoin d'y entendre votre ex en plus. Ok. Vous convenez d'une entente avec vous-même : encore deux minutes de médisance, mais en y mettant le paquet, et ça suffit : Gggggrrrrrrrrrrrrrgggggrrrrrrr gggggrrrrrrrggggggrrrrr

OK ? STOP !

(Espace vide. Temps suspendu.)

Mon Dieu que le paysage est joli ! Il s'y trouvait déjà tout à l'heure ? Tiens donc, vous pourrez accrocher votre hamac entre ces deux magnifiques pins tricentenaires, à condition que cela ne vous dérange pas de vous retrouver dans la haie avec les guêpes. Le locataire précédent a laissé dans le foyer quelques bûches à moitié calcinées que vous pourrez récupérer (« les filles sont incapables de faire un beau feu, c'est génétique faut croire ») pour vous prouver à vous-même, ainsi qu'à votre baratineur d'ex, que vous êtes capable tout autant que lui de faire monter ça jusqu'au ciel. Chic alors, dans le hangar moisissent une chaise longue pliante, qui s'écrase sous votre poids lorsque vous y déposez votre derrière, des raquettes de badminton (à quoi bon ?), un jeu de croquet (vous êtes choyée), une tondeuse à gazon (pas question !), une bonbonne d'insecticide à coquerelles (quoi ?), un parasol qui s'insère sur le dessus de la litière du chat (bon, il ne tient pas ouvert) et les rames du canot. Le canot. Une autre de vos faiblesses, apparemment. « Voyons, as-tu de la gélatine à la place des bras ? Tu es bonne pour le pédalo, toi, comme les petites vieilles de soixante-dix ans ». Maudit gars sexiste. Comme si vous aviez juste ça à faire, vous les gonfler dans un gym plein de machos puants.

Le lac. Un quai. Des algues. Des petits poissons, probablement des barracudas, ou des requins miniatures. L'eau, pas très profonde et d'une drôle de couleur. Le canot avec sa peinture écalée, comme par miracle, semble ne pas avoir de trous. Relaxez, laissez faire le rangement et allez pagayer sur la vaste étendue liquide et déserte. Tandis qu'il n'y a personne pour se moquer de votre coup de rame et de votre expertise en zigzag. Vous cherchez Boui-boui, vous ne le trouvez pas ; il doit bien être quelque part ! Acceptez qu'il puisse revenir à son état naturel de chat sauvage, cessez de vous en inquiéter. Il s'éclate sûrement plus que vous.

Tout à coup, vous discernez le bruit. Pas possible, vous délirez ! Des autos ? « Mais non, mais non, du chalet, on n'entend pas la route, c'est tranquille-tranquille ». Du milieu du lac où vous tournez en rond depuis cinq minutes, vous pouvez reconnaître le modèle de chaque voiture. Tiens ! une Suzuki . Tiens ! un tracteur. *Argh, argh, argh* ! Bon, ça va, versez quelques larmes de rage mais pas trop, vous risqueriez de submerger le canot et de couler, ahahah. Éloignez-vous davantage de la rive pour accoster de l'autre côté. « Il y a de beaux sentiers pédestres, c'est le début du Mont-Orford ». Sale menteur, à peine un sentier sur lequel personne n'a dû marcher depuis des siècles et même de là, on perçoit toujours le bruit de la route. Vous allez devenir folle, quelque chose comme ça. Respirez un bon coup, on ne sait jamais, l'odeur des conifères possède peut-être des vertus miraculeuses pour calmer les premiers symptômes de la dépression nerveuse.

Le retour s'effectue dans un calme inquiétant. Le courant vous pousse, dirait-on, vers la rive. Votre coup de pagaie témoigne d'une vigueur que vous n'aviez pas à l'aller. Boui-boui vous accueille en miaulant comme un perdu. « Ferme-là, Boui-boui et va me chercher une bière, ça presse ! »

Première soirée

Il avait raison, vous êtes nulle, question feu. À peine une petite pyramide en oblique pour griller votre guimauve. Mais *bof*, saoule comme vous l'êtes après vos deux bières et demie, plus rien ne peut atteindre l'estime de votre pauvre vous. Le repas a été frugal, une boîte de thon mangé à même la boîte, des haricots à même la boîte, une boîte de *MlleMiou* pour Boui-boui. Extra la révolution de la boîte de conserve. Pas de vaisselle à laver, rien que le moment présent, jouissez et grillez la guimauve !

C'est quoi ce bruit qui vient de la haie de cèdre ?

Première nuit

Je n'arrive pas à dormir, je suis trop en colère. Maudit chalet. Ça n'arrive qu'à moi ce genre de choses. Il rirait bien de me voir ici. Il aurait bien ri de voir mon feu aussi. Il me manque, sapristi. Ses moqueries, son ironie, tout cet humour à mon endroit qui me choquait tant. Il disait que je me prenais trop au sérieux, que j'avais dix ans d'âge mental des fois. Je disais qu'il était prétentieux. J'en ai dit des choses que je regrette aujourd'hui.

Je me demande ce qu'il fait, depuis qu'on s'est quittés. S'il a rencontré quelqu'un qui a des mollets pour escalader tout ce qu'il veut, qui ne passe pas son temps à se plaindre sur tout ce qu'elle n'a pas, qui n'est pas jalouse. Je me demande si je vais passer toute la nuit à me morfondre ainsi. Il faut que je dorme, il ne faut pas que je gâche mes vacances, il faut que je dorme, il faut que...

Deuxième jour, 5 juillet

Il pleut. Et il n'y a pas une goutte de soleil qui fait plouc-plouc dans votre esprit, encore tordu par un sommeil drapé de pensées tristes. Il pleut à faire chier les grenouilles et Boui-Boui, assis comme un petit chien devant la porte d'entrée, veut quand même aller mettre le nez dehors. Il a rapidement pris goût pour le plein-air. Quand il constate le déluge, il rentre vite fait. Vous le serrez contre vous, il se débat, il n'aime pas remplacer un grand six pieds deux.

Le chalet a encore moins à offrir par cette grisaille. On dirait que les ronds bruns et beige de la tapisserie vous fixent en ricanant, le frigo hurle de tout son fréon et la toilette est pleine de pipis. Temps de tirer la chaîne.

« Bon, je ne vais pas me damner toute la journée à compter les ronds. Boui-Boui, tu gardes le château, je vais au village, acheter des revues, du bon manger de vieille fille et un beau grand mec estrien ». Boui-Boui s'en fout, il fait la boulette sur le canapé, il vous ignore, vous êtes déjà partie pour lui. Sacré égoïste. Le caractère de Jean-François a germé en ce chat, aucun doute là-dessus.

Vous partez à l'aventure dans votre immense sac de voyage, à la recherche du vêtement parfait pour inondation. Voilà. Pantalon Cargo avec poches transversales camouflant culotte de cheval naissante, T-shirt avec dessin de girafe côté sein gauche jouant sur dimension réelle du sein en question en donnant illusion qu'aussi gros que sein droit, bottines militaires mettant en valeur la sensibilité des petits cors sur orteils mais vous donnant allure folle, chapeau de terroriste forestier cachant cheveux un peu passés date depuis dernier lavage, imper jaune limette qui couine à chaque mouvement ; impossible de ne pas vous remarquer avec ça. Coup d'œil au miroir, parfait, adorable ; les gars, tenez-vous bien !

Vous ne passez pas inaperçue sur la rue principale, sauf qu'il n'y a pas un chat pour voir que vous y êtes. Tout le monde est entassé dans les cafés, les restos, il n'y a que vous qui déambulez sur le trottoir, sous l'averse démente. Le tonnerre gronde, vous faites semblant de rien, continuant à sourire comme s'il s'agissait d'une plaisanterie, un petit coup de klaxon, un mec qui vous siffle. Mais ce n'est pas de la tarte, ça redouble. Les poches gorgées d'eau de votre pantalon retombent sur vos cuisses comme de grosses baleines échouées, les pans de votre chapeau pendent mollement sur vos yeux. Le ciel veut votre peau. Trop orgueilleuse, vous refusez de vous abriter, imaginant des tas de regards bien au sec derrière les vitrines, ricanant et pariant des tas d'argent sur le moment où vous n'en pourrez plus et irez vous blottir dans la première *poutinerie* venue. Vous avez envie de pleurer et au lieu de plier, vous continuez, que la marée vous emporte !

Sauvée ! Un cinéma. Le dernier refuge des célibataires, après les bibliothèques municipales et la drague sur Internet. Ouvert en plus. Deux navets, mais un qui commence dans cinq minutes, le temps d'aller aux toilettes pour au moins vous essuyer le visage. Pas de chance. Il n'y a pas de papier, que des séchoirs à mains, saloperie. Pas question de vous ventiler la peau là-dessous, idéal pour perdre toutes vos huiles très essentielles. Du papier-fesses fera l'affaire. La deuxième épaisseur reste collée sur vos joues, vous donnant l'air d'être atteinte d'une maladie épidermique très rare. Imaginez, en arrachant les gales molles, que vos points noirs viennent avec.

La salle pue le renfermé, le chat mouillé et le vieux garçon. Vous choisissez un siège défoncé, changez de place deux fois, tous les sièges sont défoncés. Un type se pointe, s'assoit dans la rangée juste derrière vous alors que la salle est presque vide. Il vous arrose copieusement le dos en enlevant son imperméable. Vous vous retournez pour l'engueuler, du moins voir la face de cet imbécile. Lorsque vos yeux croisent les siens, voilà, c'en est fait de vos résolutions d'inculquer le savoir-vivre. Il s'excuse chaleureusement en essuyant les gouttes sur vos cheveux avec un vieux mouchoir mouché, il rit comme s'il était pris de coliques. Quel mec charmant !

« J'ai pensé que le plafond coulait pendant un instant. »

Idiote.

— Je suis désolé, désolé-désolé-désolé !

— Moi aussi, je sortais justement de chez la coiffeuse. Vous venez d'aplatir quarante dollars de mise en plis.

Tarte.

Il rit encore, et la blancheur de ses dents vous rappelle subitement le chat du Cheschire : on ne voit que cette bouche, plus rien autour. Elle rayonne à des mètres de distance.

« Vous avez de belles dents. »

Ouahhhh ! Quelle audace !

« Merci. Je sors justement de chez le dentiste. Vous venez d'assister à quarante dollars de sourire. »

De l'esprit, il a de l'esprit ! Et de la répartie pour trois fois quarante dollars ! Les lumières s'éteignent, trop vite, invitez-le à vous rejoindre sur le siège pourri à côté de vous.

— D'accord, mais je vous avertis : je parle sans arrêt pendant un film, je gigote et je joue du genou.

— C'est parfait pour moi, j'ai le genou aguerri.

Quel langage ! Vous ne vous reconnaissez plus.

Le film commence, sans bande-annonces. Première image, une fille presqu'à poil. Votre voisin sourcille bruyamment, un soupir de réprobation vous semble-t-il.

— Qu'est-ce que c'est que ce film, demandez-vous en vous penchant très très près de son oreille qui fleure bon le petit chien mouillé.

— Je ne sais pas, je suis entré parce qu'il pleuvait, je n'ai pas trop regardé. Un truc américain pour ado retardés, apparemment.

— Qu'est-ce qu'on fait ?

— On sort d'ici.

Sapristi de sapristi, c'est votre jour de chance. Vous remballez vos affaires vite fait, n'importe comment, et trottinez vers la sortie en effleurant le mec un peu plus qu'il ne faut. Une fois sur le trottoir, il vous regarde avec un drôle d'air.

—Tu as un truc là, sur la joue

Du papier toilette. Il enlève délicatement le détritus puis propose de marcher, maintenant que le soleil luit comme un dingue.

— Ça ne t'ennuie pas que je te tutoie ?

Tu parles !

Vous choisissez le premier café venu, un truc très mode dans lequel votre pantalon Cargo s'insère bien. Dans la lumière crue, vous remarquez la courbe du nez de votre compagnon. Ses yeux suivaient les vôtres, vous êtes cuite.

— Tu aimes mon nez ? Je me le suis fait refaire pendant une bataille, chirurgie esthétique instantanée, *gratos*.

(Vous haïssez les gens qui disent « *gratos* »)

— Ça a fait mal ?

— Affreux, ils s'y sont mis à trois, de la vraie boucherie !

Vous riez, même si vous doutez de la convenance de cette réaction. Il rit avec vous, ça va. La serveuse s'approche, avec une démarche ondulée, on dirait que ses membres fonctionnent sur roulement à billes. Elle se penche vers vous, vers lui surtout, en clignant des cils. Vous lui rendez le clignement, double, sacrée farceuse.

— Je vais prendre la même chose que lui.

— Je ne sais même pas ce que je veux !

— C'est ça, moi non plus.

Vous adorez le voir s'esclaffer à vos répliques, il rit comme une salle comble en plein délire.

— Je peux revenir si vous désirez.

— C'est ça, revenez avec une idée cette fois.

Vous en faites trop. La serveuse repart en roulant de partout, préparant son coup de cils pour le prochain client moins capricieux. Votre ami, dont le nom demeure toujours un mystère, prend vos mains et donne un baiser sur celle du dessus. Vous lui présentez celle du dessous.

— Tu sais que tu es un fameux numéro toi ? Je pense qu'elle ne reviendra jamais et qu'on va finir par bouffer la chandelle là.

— Tu veux venir à mon chalet ? C'est à quelques minutes. En chemin on se prendra une bouteille de vin, ou de la bière, du lait, n'importe quoi. Et puis on pourra se baigner. Et manger autre chose que de la chandelle.

— Tu lances souvent des invitations de ce genre à de sombres inconnus ?

— Tu n'es pas sombre du tout, tu es tout blond !

Vous vous levez de table, la serveuse vous regarde partir en clignant des paupières ; finalement ce doit être un tic plus qu'une tactique de séduction.

Il décide de vous suivre avec sa voiture. Vous manquez d'emboutir un camion tant vous êtes occupée à le guetter dans le rétroviseur, de peur qu'il ne se dérobe à un carrefour. Vous avez la manie de ne pas croire en votre *sex appeal*, même si Jean-François répétait que vous seule êtes capable de l'exciter en portant des *gougounes* jaunes aux pieds.

La réplique de *La petite maison dans la prairie* le fait bien rigoler. Mais là où il prend son pied, c'est en mettant le premier des deux sur le beau linoléum de la cuisine. Réaction instantanée. En fait de spontanéité, vous ne pouvez demander mieux.

— Ouahhhh ! ! ! Pas possible ! C'est tellement affreux que c'en est beau !

— Ah oui ?

Vous êtes loin d'être convaincue. Votre moue doit produire un effet aphrodisiaque parce qu'il empoigne votre bras et vous en met un direct sur les lèvres.

— Tu es géniale. Il n'y a que toi qui pouvait louer un truc pareil.

— Ouais, il n'y a sûrement que moi. À propos, il faut que je le prenne comme un compliment ?

Vous tâtez votre lèvre inférieure que l'ardeur de son baiser a rendue sensible. Qu'est-ce qu'il doit être au lit ! Vous craignez déjà pour vos muqueuses.

— Au fait, c'est quoi ton nom ?

— Un truc horrible. Appelle-moi Reggie.

— Pour Réginald ? Ça va bien avec la tapisserie.

Il ne l'aime pas celle-là, apparemment. Il sort du chalet et entreprend de déplier la chaise longue. Avant que vous ayez pu dire un mot, il s'effondre cul à terre. Il ne rit pas, vous si. Vous proposez une petite baignade, l'air est chaud et humide, le soleil plombe ses rayons de seize heures et vous avez envie d'en savoir plus sur lui, côté anatomie.

« Je n'ai pas de maillot, ça te gêne si je n'en porte pas ? »

Parfait, vous saurez tout de suite s'il est circoncis ou pas. Une fois, vous avez eu affaire à un type qui n'était pas circoncis, vous ne saviez pas quoi faire avec tout ce surplus de peau. Depuis, vous avez la hantise de revivre cette situation où étonnement et incompétence se mêlaient dans la plus parfaite *dissonance*.

Boui-boui se pointe. Il adore les hommes, plus que les femmes, vous n'avez jamais compris pourquoi. C'est pourtant vous qui l'avez élevé dans la pure tradition féministe.

« Tiens, c'est à toi ce chat ? Je suis absolument allergique. Ma dernière copine a dû se débarrasser du sien, je ne pouvais pas rester chez elle plus de dix minutes. »

Sûrement pas l'homme de votre vie.

« Il n'y a pas un type pour lequel je renoncerais à mon chat ! »

Reggie descend la petite côte qui mène au lac, sa bière à la main. Vous le suivez, moins emballée vous semble-t-il qu'il y a deux minutes. Quelque chose d'indéfinissable vous chicote, un chatouillement là où il ne faudrait pas.

— Ça remonte à quand, cette dernière copine?

— Oh, un petit bout. Trois ou quatre semaines.

— Qu'est-ce que ça veut dire pour toi dis-donc ,

« petit bout » ?

Il fait dans le vague.

— Entre assez longtemps et pas si longtemps.

— Et toi, tu es avec quelqu'un ?

— Je ne serais pas avec toi si j'avais quelqu'un, qu'est-ce que tu crois ?

Vous êtes presque fâchée maintenant.

— J'ai laissé mon ami il y a quatre mois. Un petit bout quoi.

— C'est toi qui es partie ?

— Écoute, je n'ai pas envie de parler de ça maintenant. Il fait beau, allons nager avant que le ciel ne se couvre.

— On est pas obligé, on peut faire *autre chose*.

— Non. On nage.

Vous gardez vos sous-vêtements qui, fort heureusement, se composent de *boxers* carottés écossais, tout ce qu'il y a de moins sexy, et d'un haut qui descend jusqu'au nombril. C'est drôle, vous avez moins envie de plaire tout à coup.

« Sexy, ton *boxer*. »

Mince, il est sérieux en plus. Ses yeux font le tour de votre personne comme s'il avait à établir un compte-rendu de vos proportions.

« Alors, c'est quoi ta note ? »

Vous fulminez, un peu plus et vous lui jetteriez votre chope de bière à la tête. Qu'est-ce qui vous prend ?

« Tu te trompes, je ne prends pas tes proportions pour en faire un compte-rendu (pas possible, il vous a entendue penser), je te regarde, c'est tout. Tu es jolie. »

Vous lui tournez le dos pour qu'il ne voit pas

comme vous êtes encore plus jolie rouge écarlate et entreprenez de tester la température de l'eau avec votre petit orteil. Le temps de faire votre commentaire sur l'impossibilité de vous baigner dans cette glace, une silhouette blanche rompt votre champ de vision et plonge comme une flèche dans l'eau, vous éclaboussant au passage. Il se retourne en riant, la tête à la surface, rejetant des jets d'eau par la bouche comme une baleine. Malgré votre mauvaise humeur, c'est incontestable, vous devez reconnaître qu'il a un petit je ne sais quoi d'irrésistible.

— Tu viens de revivre en instantané la scène du cinéma. Éclaboussée pour la deuxième fois en une heure. Les deux fois exprès.

— Quoi ?

— Quoi, quoi ? Tu penses que je suis allé m'asseoir innocemment derrière toi alors que la salle était vide ? Tu es si naïve ?

— Et toi, tu es incapable de rester seul plus de trois ou quatre semaines ? Il te faut un public à tout prix ?

— Hey, qu'est-ce que c'est que cette scène ? Tu penses pour moi maintenant ? Tu ne me connais même pas. Arrête de dérailler. Tu me plaisais, c'est tout. Il n'est pas question d'autre chose. Allez, viens, l'eau est bonne. Si tu veux parler, on le fera après.

Sur ce, il se met à nager sur le dos comme s'il avait fait ça toute sa vie, vous abandonnant à vos pensées, toutes faites de contradictions. La température interne de votre corps fait paraître celle de l'eau encore plus froide. Mais il faut y aller, au moins pour l'étrangler. Étrange, depuis hier que vous avez envie d'étrangler des types. Cessez ce jeu de viol mental, laissez l'autre à ses raisons et motivations, et plongez. Plongez, là où l'inconnu se fait accueillant. Il sera bien temps plus tard de vous rompre le ciboulot en compagnie de Freud, Jung et tout le fatras psychanalytique dont vous avez fait votre dieu, selon Jean-François, lui qui adorait simplifier vos questionnements interminables par un constat de trois ou quatre mots.

L'eau vous calme et votre corps s'habitue. Il se laisse prendre, envelopper par cette fraîcheur. Laissez-vous aller, rien de mauvais ne peut arriver en cet instant où le soleil couvre tout ce qui respire d'une chaleur bienveillante.

Vous vous sentez happée par derrière. Deux bras vous encerclent par-dessous les aisselles et vous ramène doucement vers la rive.

« Tu t'éloignais du bord, ma belle. Tu rêvais ou quoi ? »

Vous rêvez encore. Cette étreinte rassurante. Ce n'est pas possible, pas tout de suite. Jean-François n'est pas assez loin, peut-être juste là dans la montagne à côté. Juste là, dans les vallons de vos pensées.

Il vous pousse doucement dans le futon égyptien, pas un mot ne se dit, votre bouche est scellée par l'envie de vous taire, chose rare. Il enlève vos boxers et votre soutien-gorge sans effort, on dirait qu'il fonctionne sur la batterie de son sourire. Car il sourit, sans arrêt, en vous regardant dans les yeux avec un plein d'affection intarissable. On dirait une sorte de grand frère, un grand frère avec une très grande érection. Ne vous demandez pas d'où vient ce condom, soyez juste reconnaissante qu'il prenne tout en main. Faites la planche à repasser pour une fois, vous n'avez rien à prouver ; de toute manière, il a son idée bien à lui sur la façon dont la chose doit se passer. Et c'est très bien ainsi. Le sexe a toujours été une sorte d'art entre vous et les hommes, comme s'il fallait que vous inventiez une nouvelle forme d'expression à chaque fois, vous l'artiste, eux le public consommateur. Celui-ci vous donne enfin le sentiment que vous pouvez vous reposer, suivre le mouvement, participer à votre rythme.

Évidemment, il jouit avant vous, ses yeux dans les vôtres sans aucune gêne. Il est très drôle pendant ce moment ; son visage se plisse comme celui d'un nouveau-né. Vous avez envie de lui donner des tas de baisers maternels, des *smacks* sonores, ce que vous faites tandis qu'il entreprend de vous donner le juste retour des choses.

— Je n'ai pas besoin, arrête, je me sens très bien.

— Mais ce n'est pas juste, je veux te faire plaisir aussi.

— Ça va, je t'assure. De toute façon, le condom m'a irritée.

— Bon, ça a été une torture tout le long et tu n'as rien dit ?

— Noooon, arrête, c'était très bon. C'est juste que je ne jouis pas la première fois avec un gars. Je ne suis pas la seule, je pense.

— Ouais, à moins que les autres fassent toutes semblant.

— Ben c'est ça, elles font toutes semblant, bon.

Bien entendu, il se met à somnoler, ce qui vous laisse tout le loisir de l'examiner à votre aise. Pas longtemps, le panorama a vite fait de vous ennuyer ; aucun point noir ni bouton ni autre imperfection digne d'intérêt à l'horizon. Il vous apparaît d'ailleurs nettement moins intéressant qu'à la première minute où vous l'avez vu. Un visage plat, dérangé par la déviation du nez, des lèvres comme un débouche-toilettes. Finalement, il semble que votre besoin de plaire vous obsède tellement que peu importe l'objet de séduction. Depuis que Jean-François est parti, vous n'avez cessé de vous prouver que vous n'êtes pas obligée d'être célibataire ; si vous l'êtes, c'est que vous le voulez bien. Tous vos livres de psycho-pop le disent : il importe de faire le vide entre deux relations. De combien de béguins vous êtes-vous rendue coupable depuis votre rupture ? Allez, ne comptez pas, laissez-vous sombrer dans les replis ouatés de l'oubli.

Deuxième soirée

Comment met-on à la porte un gars avec lequel on vient juste de baiser et même plus, de *siester* ? La pénombre vous a surprise, à votre réveil. Vous avez dormi plus longtemps que prévu ; c'est fatigant le sexe, quand on n'a plus l'habitude. Reggie fait comme s'il était chez lui. Il fouille dans le frigo, cherche quelque chose pour préparer un repas. Son visage respire la satisfaction et la détente. Tant de familiarité vous agace, vous avez soudainement envie d'être seule ; vous le regardez aller sans rien dire pourtant, déconcertée par votre manque de fermeté.

« Ça te dérange que je fasse comme si j'étais chez moi ? »

Bon, le lecteur de pensée encore.

« Non-non, je t'en prie. »

Menteuse.

« J'ai envie de nous confectionner un bon petit souper pour fêter notre rencontre. »

Ça y est, un sentimental. Après le camionneur de la halte routière, vous aurez tout vu et tout entendu.

« Tu as emporté de la bouffe pour une armée, dis donc. Tiens, prends une petite bière, je m'occupe de tout. Gratos ! »

Grrrrrr....

Vous n'avez aucune envie d'une petite bière. Vous le laissez à ses chaudrons et sortez à la recherche de Boui-boui. Vous n'avez qu'une seule pensée en tête : Jean-François. Il est peut-être là, pas très loin, à mi-chemin entre la cime de cette montagne paisible et votre baraque miteuse et, si ça se trouve, équipé d'une belle montagnarde formée de haut en bas pour les expéditions de trois jours avec sac à dos et cul à tout casser. Aucun Boui-boui dans les parages. Vous vous sentez vraiment seule, malgré le tintamarre que fait le cuisinier avec sa bonne humeur habillée de mélodies brésiliennes sifflotées-maison.

Le silence qui s'impose sur le sentier tandis que vous vous éloignez du chalet vous rappelle la promenade en forêt que vous avez effectuée avec votre ex, le lendemain de votre première rencontre. Il vous montrait, sans dire mot, une feuille, les ramifications dans le tronc d'un arbre, la mousse d'un vert électrisant sur une roche, un insecte comique, un oiseau, tout ce qui capturait son œil et qui aurait échappé au vôtre. Pendant plus d'une heure, vous avez marché dans une absence totale de conversation, et parfois, il prenait votre main et la portait à ses lèvres en souriant. Il gardait les mots dans son sac à dos, préférant regarder, écouter, entendre, sentir. Tout le contraire de vous. Vous l'avez si bien envahi de votre déluge verbal qu'il a fini par s'enfuir de votre vie avant de disparaître sous l'inondation de vos explications, de vos accusations, analyses, soupçons.

« À table ! »

Le hurlement du cuisinier écorche vos oreilles. Impossible de l'appeler Reggie, ce nom ne vous revient pas. Un craquement dans le bois, Boui-boui se précipite vers vous en se plaignant. De quoi ? Du triste départ de vos vacances ? Vous vous recomposez un visage de circonstance (pompes funèbres, accident mortel de la route, défaite au Scrabble) et rampez jusqu'au chalet.

Deuxième nuit

Je ne peux pas dormir avec ce type qui ronfle. On n'entend presque plus le frigo. Boui-boui, décolle un peu, il fait chaud. Dans quoi est-ce que je me retrouve moi là ? Quelles espèces de vacances je suis en train de me faire ? Tout d'un coup il veut s'incruster ? Comment je vais lui dire demain matin que je veux passer ma semaine tranquille ? C'est-à-dire sans lui ? Comment ça se fait que je le trouvais si mignon la première minute et qu'il m'est devenu de plus en plus insupportable ? Je suis une idiote. Je ne sais pas ce que je veux. Je vais être morte demain, et il va être là, et j'aurai le visage ratatiné d'avoir râlé toute la nuit. Et lui il va encore jouer dans les chaudrons en sifflant ses affreuses chansons brésiliennes. Idiote. Boui-boui, viens, colle-moi, c'est ça, colle-moi.

Troisième jour, 6 juillet

La tapisserie revêt une allure inquiétante en cette aube frisquette au petit soleil encore timide. Boui-boui, presqu'enroulé autour de votre cou, trépigne, saisi de soubresauts, sous l'emprise d'un cauchemar. Une grosse souris métallique portant un dossard à l'effigie hitlérienne lui court après en criant *Schnell* ; c'est toujours le même rêve, depuis qu'il est tout petit.

Vous sentez une absence, un étrange vide entre vous et le mur ; il est parti. Il est parti ! Sur la table, une feuille bien en évidence vous rappelle que vous n'avez rien imaginé de la soirée précédente : il y avait bien un type, il y a eu du sexe, de la bouffe et des tas de mots non prononcés qui vous sont restés au travers de la gorge, ce qui expliquerait le petit chatouillement qui vous force à toussoter *psychosomatiquement.* Vous n'êtes pas du genre *toussoteuse* pour rien.

« Ma belle pitoune (*non mais*), merci pour la journée et la soirée mémorables. J'ai préféré te laisser à ton intimité, et puis, tu dormais si bien, tu ronflais même (*le salaud*) ! Peut-être que le hasard fera que nous nous croiserons de nouveau dans les rues de Magog. Je ne veux pas que tu te fasses d'illusions à mon sujet : je suis encore amoureux de mon ex et j'avais besoin de l'oublier hier, d'essayer du moins. Je te remercie, tu es fantastique (*c'est ça*) ». Reggie.

Reggie. Quel con. Vous l'admirez tout de même pendant une seconde : c'est un tour de force qu'il ait pu se lever sans vous réveiller, coincé comme il était entre vous, le chat et le mur.

Vous nourrissez Boui-boui, curieusement détendue et de bonne humeur. À l'extérieur, le soleil donne à tout ce qu'il touche une dimension charismatique. La nature est votre amie, c'est ce que vous décidez. Vous ne ferez qu'une avec elle toute la journée, pas d'aventures inutiles ; vous resterez là, tout près, à lire, grignoter, boire, profiter du temps qui passe sans rien exiger de lui. La Symphonie Pastorale monte à vos lèvres, mais le toussotement vous empêche de siffler plus de deux mesures d'affilée.

Vous stagnez dix minutes devant le miroir à examiner les pores de votre peau, trop dilatées à votre goût. Heureusement, votre trousse de la Croix-Rouge renferme, en plus du matériel de premiers soins, des produits d'urgence : masque hydratant, masque désincrustant, masque anti-stress, masque séduction (une composition personnelle redoutable), masque dernier-recours, masque vaudou. Qu'est-ce que c'est que ça ? Vous reconnaissez, avec une pointe de tendresse douloureuse, l'écriture de votre Jean-François qui a falsifié l'étiquette du tube. Le comique. Après avoir nettoyé votre visage avec le produit x, vous optez pour le produit y, lequel, combiné avec le produit z, devrait resserrer ces vilains pores qui vous dépossèdent de votre peau.

Vous êtes ravissante avec cette pâte olivâtre qui met en valeur vos grands yeux de biche à l'affût. On dirait un guerrier afghan. Allez vous prélasser sur la terrasse avec une bonne tasse de café instantané (« tu n'as aucun goût en matière de café, une vraie paysanne») aromatisé de chocolat *Quick* comme vous l'aimez. Personne ne risque de vous voir, le seul chalet voisin semble désert comme tout. Emportez la pile de livres que vous avez choisis à toute vitesse et sans aucun discernement, à la bibliothèque municipale la veille de votre départ. On ne sait jamais, quelque chose d'intéressant s'y est peut-être glissé à votre insu.

« Célibataire et épanouie ». Non, vraiment, vous n'avez pas emprunté ce bouquin, on a dû vous jouer un tour. Vous l'ouvrez à la page 26 : « Évidemment, vous serez tentée de remplir votre vide avec de la nourriture, du magasine compulsif, des aventures d'un soir. Vous tomberez pour le premier venu ». Non, pas intéressant. Aucune possibilité d'identification. *Les feux* de Raymond Carver. Page 22. « Il restait des journées entières à la maison, cloué dans un fauteuil, à se torturer les méninges pour essayer d'imaginer ce qu'il allait bien pouvoir faire à présent et de comprendre comment il s'était débrouillé pour bousiller ainsi son existence ». Ça ne va pas non ? Vous êtes en vacances. Vous n'avez pas envie de passer 200 pages à vous identifier à un perdant, vous risquez de ne plus départager ce qui vous appartient de ce qui appartient au personnage du livre. Déjà, à la seule lecture de cette ligne, vous pensiez à une éventuelle thérapie. Pas question. Bon. Suivant. Thich Nhat Hanh, le maître à penser de Jean-François. Qu'est-ce que ce bouquin fait là ? Il n'y a pas à dire, c'est votre inconscient, pas vous, qui a sélectionné ces lectures. « Comme nous avons arrosé nos graines de malheur tous les jours, au début elles sont plutôt résistantes. Nos graines de colère ont été arrosées par notre compagnon et par nos enfants. Comme ils souffrent eux aussi, ils ne savent pas arroser autre chose que des graines de souffrances. Et lorsque ces graines sont fortes, elles surgissent du sous-sol, ouvrent la porte du salon et s'y installent ». Pas bête ce Truc Nhat Hanh. Rappelez-vous la fois où Jean-François est remonté du sous-sol avec ses bottes pleines de saleté du chantier et les a enlevées dans le salon sur votre belle moquette en faux poils de loup-garou, combien alors la colère s'est installée en vous puis en lui. Mais vous n'avez pas envie de vous ramoner l'esprit en ce moment. Tiens, « Le lumineux destin d'Alexandra David-Néel ». Elle a l'air sympathique avec sa toque de minou sur la tête : « Avec quels ravissements multiples elle découvre, entre les pages du Dhammapada, du Mahaparinibbana, du Mahatanshasamkhaya ou du Sutta Nipata, la lumière à laquelle elle aspire... » *Wouuuu*... avec quel ravissement mettez-vous immédiatement ce livre de côté dans la pile des exclus qui vous fait penser à l'entêtement maniaque et orgueilleux dont vous avez fait preuve en lisant les Frères Karamazov, juste pour prouver à Jean-François que les noms russes de 14 lettres et plus ne vous rebutaient pas du tout du tout. Vous aimiez les lire tout haut, le soir au lit pendant la séance de lecture commune, pour l'épater. Pour chaque nom, vous receviez des tas de baisers. Vous en avez quasiment appris votre russe là.

Alors que vous feuilletez la dernière de vos splendides sélections, une espèce de *Psssttt ! Pssssttt !* chatouille vos oreilles.

« Il y a quelqu'un ? »

Vous avez du mal à articuler, le masque commence à sécher et tire votre peau.

« Bonjour, voisine. Vous avec pris trop de soleil ou quoi ? Une allergie peut-être ? »

Vous l'apercevez, l'occupant du chalet désert ! Une tête pas de corps qui dépasse de la haie. Merde ! Vous avez l'air fin.

— Bonzour ! Arrêtez de vous moquer, vous zavez fort bien que z'est un mazque.

— Je dois aller au bureau pour quelques heures, mais si ça vous dit, en fin d'après-midi, on prendra une petite bière ensemble. Vous êtes arrivée hier ?

Qu'est-ce qu'ils ont tous à vous offrir des « petites bières » ?

« Ui! D'accord pour ze zoir, zi ze zui là. »

Il a une bonne *bouille*, certain que vous y serez, mais il ne faut pas vous montrer trop acquise

— Alors à plus tard, vers seize heures. Et sans le masque.

— Ui, ahah.

Vous rentrez vite fait et vous dirigez droit vers le miroir. Au fond, vous êtes pas mal avec cette boue fissurée sur votre figure. Ça vous donne un air touchant, noble même, entre la vieille poule de téléromans américains et l'antique mosaïque grecque. Dommage que vous ne portiez pas votre tunique impériale avec ça, c'eut été le comble de la distinction.

Pour combler l'espace qui se creuse entre l'instant présent et l'instant prochain, quelques heures interminables d'ici le retour du voisin sans corps, vous décidez de renoncer à votre promesse d'ignorer votre courrier électronique. C'est bien beau, le sapin, le tremble et l'épinette, mais ça ne jase guère. Il vous faut communiquer, sinon vous allez périr étouffée par votre propre salive inutilisée. C'est ce que Jean-François disait, lorsque vous étiez en silence plus de trente secondes. Même si vous ne vous faites pas aller la langue, le courrier électronique vous aide à décharger votre esprit de ce babillage incessant qui l'agite.

Vous installez votre portable sur la table à piquenique, et tassez du bout du pied les crottes de Bouiboui. Où est-il encore, celui-là ? Il a réellement découvert sa nature de Daniel Boone.

Tête de linotte ! Malgré votre fil téléphonique de cinquante pieds, vous constatez qu'il n'y a dans le chalet aucune prise pour le brancher ! Vous voulez ab-so-lu-ment savoir si on vous a écrit depuis votre départ, bien qu'il ne date que d'avant-hier. Il est grand le fanclub virtuel de la célibataire instable.

Habillez-vous à toute vitesse, propulsez-vous dans votre bolide et conduisez en tenant le volant d'une main et en rongeant les ongles de l'autre, jusqu'à Magog, à la recherche d'un café Internet, d'une bibliothèque municipale, du moins.

C'est bien votre chance ; non seulement ils ont bel et bien une bibliothèque, ces villageois, mais ils ont aussi une escouade policière pour veiller à ce que des enragées internautes en manque ne menacent pas la sécurité de leur petit nid d'habitants. Qu'est-ce que ça peut faire que vous rouliez à soixante dans une zone de trente s'il n'y a pas un chat à écraser ?

Le policier souriant vous remet la contravention en état d'hyper-sourire ; on dirait qu'il vit un état de grâce qui frôle l'orgasme. Vous êtes presque impressionnée malgré la colère qui vous étreint le porte-feuille psychique. Il se penche vers vous, sans aucun doute pour que vous contempliez la joie qui se lit sur son visage, et gratte votre joue.

— Vous avez un truc vert, là. De l'argile, on dirait.

— Je vous déteste. Je suis en vacances et vous venez tout juste de les gâcher avec votre *ticket* imbécile. Et tout ce que vous trouvez à faire, c'est de m'humilier en me nettoyant le visage ?

— Moi ? Pas du tout. Je fais mon boulot, c'est tout. Ça vous apprendra à être stressée. On voit bien que vous venez de la « grande ville ». Vous devriez venir me voir jouer ce soir au Gros Billy. On fait deux sets mon groupe et moi. Tenez, voici un laisser-passer, ça vous donne droit à une bière gratuite. Ça vous détendra et on pourra peut-être jaser ?

Sur ce, il retourne à sa voiture, vous laissant la bouche ouverte en un O parfait, le sourcil en accent circonflexe et le verbe mort. Vous êtes soufflée. Quel culot, celui-là ! Vous le rejoindrez en soirée, il est adorable avec sa carrure de matador et son sourire d'adolescent.

Bibliothèque. Une gentille préposée vêtue d'un espèce de *jump-suit* inspiré de *Perdus dans l'espace* vous emmène dans un petit local exiguë qui sent les pieds. Pas de doute, il s'agit de ce type dont les grands pieds à la couleur louche s'étirent dans des *gougounes* douteuses. Il « pitonne » comme un demeuré les yeux rivés à deux pouces de l'écran, comme s'il voulait se fondre dedans. Espérez ne jamais avoir l'air de ça, d'une fille dont la vie dépend de l'ordinateur ; prenez une stature noble devant votre portable, les épaules redressées, le visage stable mais l'expression intéressée, vaguement centre-de-recherche-scientifique.

Cinq *e-mails* dans votre boîte de réception: le Français de Paris qui vous menace d'une visite à chaque message, le Polonais de Varsovie qui n'aura de cesse que lorsque vous lui aurez envoyé une boîte de sirop d'érable, l'Américain de l'Oregon, fils oisif de multi-millionnaire (à ce qu'il dit. Peut-être qu'il vit dans une caravane, allez savoir ?), la lesbienne britannique de Glasgow qui vous raconte sans ménagement ses aventures sexuelles avec toutes les coiffeuses de Londres, et le type mystérieux qui vous a envoyé une photo de lui le visage caché par un brocoli et qui se donne le pseudonyme de *Brain Attack*. Comment pouvez-vous espérer deux minutes rompre votre célibat si vous «fréquentez » des *E.T.* qui se trouvent à des années-lumière de votre espace inter-sidérant ?

— Hey, *scuse*, tu sais-tu comment faire la 'tite barre *ripple* d'sus l'clavier ?

— Pardon ? ? ?

— T'sé, la gugusse là, l'trait d'union *twisté*.

— Ah ! La perluette ?

— Comme tu veux, *parluette*.

Comme vous devez approcher des *gougounes*, vous suspendez votre respiration et étirez vos bras jusque sur son clavier en essayant de ne pas le toucher.

— Voilà, vous faites Alt-Car et tapez cette touche ~ et le tour est joué !

— Hey, marci man ! Y a un bon show à soir chez l'Gros Billy. Tu d'vras v'nir, m'a être là avec des chums. T'as l'air cool.

Merde, pas ce show-là ? Celui du policier sexy ?

— Désolée, j'ai autre chose sur le programme.

— C'est cool.

Il se remet à pitonner, vous avez déjà disparu pour lui, tant mieux. Vos messages sont sans intérêt. Des vœux de bonnes vacances, une date de visite prochaine du Parisien (ça fait trois fois qu'il vous sert une nouvelle date), des souhaits de bientôt goûter ça, le sirop d'érable, l'envie de sauter par-dessus les falaises du Grand Canyon dans la nouvelle Mercedes offerte par le papa, la dernière coiffeuse sautée après la dernière coupe de cheveux, et une nouvelle photo, cette fois la tête enfoncée dans une boîte de céréales. Ils sont fous, vous perdez votre temps. « *Deletez* », ne répondez même pas. Éteignez votre ordinateur. De toute manière, le seul message que vous espériez ne vient jamais. Il vous a bel et bien oubliée.

Avec tout ça, il est près du milieu de l'après-midi. Boui-boui s'étire paresseusement sur la table de pique-nique, il se fait bronzer. Il a le chic pour les vacances, lui. On dirait qu'il a fait ça toute sa vie, louer des chalets merdiques et ne pas s'en faire. On dirait que vous avez fait ça toute votre vie, vous en faire, avec ou sans chalet merdique. Mais là, c'est fini ! Vous prenez la résolution d'oublier vos soucis, de mettre votre angoisse en boîte et de la jeter par-dessus bord, là où vous l'avez déjà jetée mille fois. Il doit s'y trouver une trampoline ou alors, vous y tenez, à vous faire du mouron pour tout, comme disait *l'autre*. « Si tu te voyais faire ta grande tragédienne, tu mourrais de rire – et alors, fini les soucis ! »

Dépliez la chaise longue, arrangez-la de façon à ne pas vous fracasser le dos au sol et plongez-vous dans les aventures d'Alexandra David-Neel. Sortir de votre existence quelconque pour entrer dans celle, mystique et de saltimbanque, de cette grande dame devrait suffire pour vous détourner de votre misérable nombril. Une bonne bière aussi. Et des *chips*. Et du chocolat. Mettez toutes les chances de votre côté. De toute façon, grosse ou pas, boutonneuse ou pas, personne ne veut de vous. Autant compenser par les petites douceurs conçues expressément pour les femmes vivant ce genre de situation humiliante.

« Hey ! La femme masquée ! »

Il est déjà de retour, lui ? Vous vous relevez péniblement de cette chaise de grabataire et vous dirigez vers le lac puisque c'est de là que vient la voix. Ce que vous voyez vous subjugue : une tête coiffée d'une casquette jaune à petits pois bleus qui émerge de l'eau. Juste une tête, encore. Voyons, il a un corps ou pas, ce voisin ?

— Vous venez faire une petite trempette, oh ! déesse de l'Estrie ?

— Non, oh ! homme sans queue ni tête. Je suis

déjà en train de me noyer dans le houblon et je ne voudrais point, vu mon état second, risquer ce qu'il me reste de temps à vivre, même si ce n'est peut-être pas si long.

— Bien qu'il me tarde de vous rejoindre sur le quai, me permettez-vous de continuer à barboter ?

— Faites, je vais profiter des rayons du soleil, qui donneront à ma peau une teinte vermeil et à mon moral un nouvel éveil.

— Comment, vous si jolie, déjà seriez psychiquement dans un triste état ?

— Je ne saurais trop vous dire, si ce n'est que le pire, alors ne parlons plus, réjouissons-nous de la vue. Ces montagnes sont si éloquentes et mes paroles si déprimantes !

— Oh ! Demoiselle, le verbe si bien vous maniez, laissez-moi par cette petite danse vous changer les idées ...

— Oh ! Sieur, vous qui jouez si bien du talon que vous ne couliez point au fond, avec plaisir j'assiste à votre chorégraphie, tandis que je m'assieds juste là ici.

Fiou ! vous commenciez à vous sentir à court de rimes. Le voilà qui se met à batifoler sérieusement, la casquette prend le bord, Esther Williams, Sylvie Fréchette et les autres peuvent aller se rhabiller, il est fantastique. Peu à peu, vous découvrez une jambe dont les orteils pointent vers le ciel, deux bras joints au-dessus de la tête, un torse musclé qui jaillit comme une fusée hors de l'eau sans même une éclaboussure. Mon Dieu, vous êtes en train de craquer pour une danseuse aquatique poilue !

Il vous invite à casser la croûte dans son chalet, un truc gigantesque dont l'immense balcon s'oriente vers la cime la plus élevée du Mont-Orford. Vous aurez l'impression de retourner dans un trou de souris, tout à l'heure, si vous y retournez... Tout est déjà prêt : saumon fumé (vous détestez tout ce qui sent le résidu de mer), anti-pasto (le vinaigre vous procure d'inquiétantes brûlures d'estomac), riz au curry (pareil pour le curry) et vin blanc léger (vous préférez le rouge) qui pique agréablement la langue. Vous mangez pourtant de tout avec plaisir, découvrant par ces saveurs que vos goûts ont évolué depuis votre rupture. Ça y est, vous (re)commencez à vivre, vos papilles gustatives le confirment !

La conversation roule, coule, rebondit, pétille. Vous faites de l'esprit, des jeux de mots, vous êtes si spirituelle. Les rires fusent, les verres s'entrechoquent pour souligner la complicité qui s'installe. Vu la manière dont il accueille et encourage la conversation que vous menez d'une main de maître, l'affaire est dans le sac. Vous ne ferez qu'une bouchée de la sirène du lac à la Truite.

« Ma belle, si j'étais aux femmes, tu serais en plein mon genre. »

Vous faites semblant de ne pas dégringoler de votre chaise, vous ne vous étouffez pas dans les grains de riz jaune, vous n'écarquillez pas les yeux, vous vous dites seulement qu'il n'est pas trop tard pour le Gros Billy. Les mots s'agglutinent (*je le savais déjà, c'est évident, tu pataugeais trop gracieusement*), tant de retenu de votre part vous étonne ; la grande tragédienne fait dans le subtil. Faites comme si de rien n'était, ne perdez pas la face, déjà qu'elle doit s'étirer jusqu'au plancher. Votre talent de simulatrice n'a d'égal que votre répartie.

« Mon beau, si j'étais aux hommes, tu serais en plein mon genre, ahahah. »

Qu'est-ce que vous venez de dire là ? Trop de vin, vous déraillez. Impossible de conduire dans cet état.

— Ça te dirait, de terminer la soirée au Gros Billy ? J'ai reçu une invitation ce matin. Un policier qui m'a donné une contravention.

— Jimmy ! C'est un pote à moi. Il adore donner des tickets à de belles jeunes femmes comme toi ! On prend ma voiture ?

— Une minute, je vais à la *maison* me refaire une beauté si c'est possible, et passer un pantalon.

— Pas trop sexy, il va vouloir te sauter dessus avant minuit.

Tant mieux.

Troisième soirée

Pas difficile de repérer *Gougounes* et sa bande dans la salle ; ils se lancent les uns contre les autres sur la piste de danse, à la mode punk des années 1970. La musique est assourdissante mais intéressante ; un mélange de Gershwin et des Doors, arrangé pour plaire aux fans de musique techno. Vous détestez d'emblée mais Jimmy est si convaincant dans son Levi's et son T-shirt moulant que vous vous jetez sur la piste, le plus près possible de la scène. Vous avez besoin, là, ce soir, que quelqu'un vous voit, remarque votre existence et vous fasse sentir vivante. Malheureusement, ce n'est pas Jimmy, concentré à se tordre contre sa guitare. C'est *Gougounes* qui se précipite vers l'épave que vous vous sentez devenue. Il est vêtu pour l'occasion d'un T-shirt à l'effigie de Sid Vicious, d'un pantalon Cargo qui lui donne une allure pas mal, et d'espadrilles dont vous appréhenderiez l'odeur si ce n'était celle de la fumée qui prend tout votre espace olfactif. Il hurle à votre oreille.

« T'es venue, *man* ! *Allright* ! »

Il prend votre main et vous fait tourner, devant ses copains épatés qu'il ait réussi une prise si rapidement. Il danse bien, il vous fait danser bien. Mais vous n'avez que le mot *gougounes* en tête, qui gâche le moment présent. Il faut régler ça.

— C'est quoi ton nom ?

— Rémi. Pis toi ?

Le vacarme couvre votre réponse mais il s'en fout, visiblement. Il vous entraîne vers la sortie, sous l'œil étonné de votre gay ami qui a déjà formé sa cour pour la soirée. Une fois sur le parvis, il vous vise juste sur la bouche et vous en met un qui a tôt fait de vous faire oublier toutes les *gougounes* du monde.

Vous n'avez jamais fait l'amour dans un bosquet, derrière un bar, à la brunante. Le risque de se faire pincer vous excite. Et si Jimmy sortait juste là et vous fourrait une contravention, juste *là* ? Haha, vous vous sentez indécente. Rémi-*gougounes* semble avoir fait ça toute sa vie, s'enfouir à la verticale entre les jambes de jeunes femmes consentantes.

« T'aimes ça, hein, t'aimes ça ? Dis-le, t'aimes ça ? »
Il n'attend pas de réponse. Vous vous demandez si
ce n'est pas à lui-même qu'il pose la question. Vous êtes
là, ce pourrait être n'importe qui, ce serait du pareil au
même. Mais qu'êtes-vous donc en train de faire, là ?
Il éjacule avec un hennissement de jeune poulain
prématuré et se retire en tenant le condom qu'il jette
dans la haie. Vous regardez la chose atterrir sur les
branches, comme un ballon dégonflé mais gonflé d'un
constat, celui de votre bêtise. Vous remontez vos pantalons en gardant votre regard à l'intérieur de vous.
« T'as aimé ça, hein, t'as aimé ça ? »
Vous décidez de prendre un taxi pour rentrer. Le
monde entier vous écoeure. Vous y compris.

Troisième nuit

Tarte ! Tarte ! Tarte ! Je suis tarte, conne ! Je me demande comment il a réussi à me supporter pendant deux ans. J'ai bien fait de partir avant qu'il commence à me haïr pour de bon. Il me disait que je ne m'aimais pas, que je ne savais pas ce que je voulais, que je lui demandais ce que je devais apprendre à me donner moi-même. Je ne sais pas encore ce que c'est, faut croire. Sinon, je ne serais pas là à me ronger les sangs, à me ridiculiser. J'ai honte. J'ai besoin de consulter un psychologue, il avait raison, j'ai besoin de me calmer, j'ai besoin de fréquenter des gens équilibrés, et voilà que je me ramasse avec la pire faune de l'Estrie. J'ai besoin de....Boui-boui, Boui-boui, viens, viens, serre-moi.

Quatrième jour, 7 juillet, déjà

Trente, trente-et-un, trente-deux, trente-trois... figée dans votre lit comme dans un cercueil, les yeux aussi ronds que les ronds de la tapisserie que vous comptez, vous y allez de pied ferme dans l'auto-apitoiement. Vous avez décidé de rester couchée jusqu'à ce que l'on découvre votre corps, dévoré par Boui-boui. Après avoir nourri de maillons la chaîne interminable qui sert à traîner votre boulet, vous aurez contribué à une autre chaîne, alimentaire celle-là. Boui-boui miaule, il veut manger, il veut sortir, il veut courir dans l'herbe, profiter du soleil, de sa condition de chat heureux d'être cela, un chat, juste un chat.

C'est pour lui que vous risquez une jambe hors du lit, une jambe qui semble vouloir se détacher du reste de votre corps, partir toute seule, vous fuir avant que vous ne la forciez à faire un pas dans la mauvaise direction. Boui-boui se frotte contre elle, il est reconnaissant à la jambe qui marche vers son plat. Il ne s'aperçoit pas que tout le reste de votre corps est resté couché. La jambe dit : « allez mange, minou, c'est ton dernier vrai repas de chat. Bientôt, il te faudra te contenter de moi ».

Comme vous ne vous croyez guère et que vous avez une forte envie d'aller aux toilettes, vous rapatriez tous vos morceaux tant bien que mal et traînez de la patte jusqu'au petit réduit nauséabond. Il est temps de tirer la chasse avant que les mouches ne se mettent à voler au-dessus de la cuvette. Vous détestez cette toilette où vous vous sentez obèse, à force de ne pouvoir y pénétrer sans que le rideau de la douche ne s'accroche à vous comme une pieuvre.

Une douleur cuisante irradie le bas de votre ventre ; vous êtes menstruée ! Quel soulagement ! Cela explique votre état dépressif et votre comportement libertin et inconséquent des derniers jours, voilà ! Quelle merveilleuse arme de justification que cette période précédant vos règles ! « On dirait que tu es pré-menstruée à longueur d'année, toi ». Les hommes ne comprennent strictement rien à ce que cela peut représenter que de devoir se soumettre au changement hormonal, de regarder, impuissante, sa peau bourgeonner (« tu en as toute l'année, des boutons »), son estomac réclamer les aliments les plus grotesques (« tu en manges toute l'année des cochonneries »), son caractère se modifier en une seule seconde (« ha ! prends-moi pas pour un con, je n'ai pas le dos aussi large que ton fameux syndrome. Tu es une girouette-née à longueur d'année») et se heurter en plus à l'incompréhension mâle.

Prenez un comprimé pour soulager la douleur et habillez-vous confortablement, un pantalon ample qui permettra à votre ventre gonflé de se distendre à sa guise, et à la serviette hygiénique de passer inaperçue. Vous détestez avoir cette impression que tout le monde constate votre état par les bosses disgracieuses causées par la serviette entre vos jambes, à travers votre *jean*. Ces jours-là en général, vous portez la jupe.

Le lac est parfaitement immobile, presque insupportablement immobile par rapport à votre tourmente interne. « Il est plus facile de se voir dans une eau calme que dans une mer agitée. Tu devrais méditer toi. Regarde les grenouilles assises comme des bouddhas, comme elles ont l'air tranquille ». Vous n'aviez aucune envie d'avoir l'air d'une grenouille extatique. Et sa façon à lui d'escalader tous les sommets « pour rencontrer la paix dans son esprit », comme il disait avec tous les bleus du ciel ramassés dans ses yeux, vous rendait jalouse. Vous qui consacriez toute votre énergie à escalader les sommets escarpés de vos humeurs changeantes en essayant de l'y entraîner, jusqu'à l'éboulement. Vous cherchiez un sauveteur, vous avez rencontré votre incapacité à vous sauver vous-même.

La nageuse synchronisée du chalet voisin vous interpelle, mais vous faites la sourde oreille. Il insiste, vous insistez aussi. Il insiste plus que vous, et le voilà, rames et chaloupe.

— Ma belle, tu es devenue sourde ou quoi ?

— Oui, c'est ça. Ton pote jouait trop fort hier. Je n'entends plus rien.

— Pourtant, tu n'es restée que dix minutes. Je t'ai bien vu te faire embarquer par ce hippie nouvel-âge. Qu'est-ce qui s'est passé ?

— Rien, rien.

— Rien ? Viens donc jaser de rien sur le lac, allez, emporte ton café, c'est moi qui rame.

— Noooon. Non.

Vous éclatez en larmes.

— Je suis menstruée, je suis menstruée !

Mais ce vieil argument ne possède plus le potentiel qu'il semblait receler jadis. Il sonne faux, vous-même n'y croyez plus. Vos armes du passé sont périmées. Il faut à tout prix vous accrocher à une explication rationnelle pourtant, pour ne pas disjoncter.

« Me semble que c'est ça qui te met dans cet état... je suis menstrué moi aussi et de parfaite humeur. »

Il accoste et débarque sur le quai, vous prend par les épaules et appuie sa tête contre la vôtre. Vous savez que vous pouvez tout lâcher sans qu'il ne vous lâche. C'est la première étreinte désintéressée depuis des mois et le sentiment qu'il ne vous arrivera rien de mal près de lui fait se relâcher l'élastique qui s'étire depuis votre rupture. Clac ! Il n'a sûrement jamais vu pleurer une fille ainsi, sauf au cinéma.

— La seule fois que j'ai pleuré comme ça, c'est quand mon père est mort, il y a vingt-deux ans. On s'était un peu engueulé une semaine avant. J'avais enfin trouvé le courage de lui annoncer que j'étais homosexuel, tu sais, il n'a pas aimé ça. En fait, j'étais sûr qu'il le savait, j'avais dix-huit ans à l'époque et je n'avais jamais eu de copine. Il m'a dit : « Sors d'ici que je ne te revois plus. Je ne veux plus entretenir une tapette dans ma maison ». C'est la première fois qu'on me traitait de tapette. Ça s'entend difficilement quand on vient à peine d'accepter le fait qu'on sera ce qu'on est toute sa vie.

— Et ta mère dans tout ça ?

— Oh tu sais, silencieuse. Pendant cette scène, je pouvais l'entendre faire tinter les casseroles. Elle lavait la vaisselle. Quand je suis sorti du salon, elle m'a regardé marcher vers ma chambre, elle avait les yeux plein d'eau, le torchon à la main. Je l'ai regardée, elle m'a souri tristement et a fait un signe de tête, comme si elle voulait me dire c'est correct, c'est ok, je t'aime quand même. J'ai pris quelques affaires et je suis allé chez mon copain du moment. J'étais au bac en théâtre, en pleine mi-session. J'avais un peu envie de me tuer, tu sais.

— Je sais. J'ai eu souvent un peu envie de me tuer, moi aussi.

— Et puis il a eu une attaque une semaine plus tard. Dans sa tombe, je croyais voir une expression de reproche figée sur son visage, les lèvres drôlement étirées à cause de la couture pour les garder fermées. Comme si, entre le moment de notre dispute et sa mort, ses traits s'étaient gravés de la déception que je lui avais causée.

— Tu te sentais coupable ?

— Oh oui, tu peux le dire. Je suis retourné vivre un temps avec ma mère, je ne voulais pas la laisser seule faire le tri dans les choses de mon père. Et là, dans un tiroir, on a trouvé une lettre qui m'était adressée. Il l'avait écrite trois jours après mon départ. C'est là que j'ai pleuré, parce que, à l'annonce de sa mort et devant sa tombe, c'était resté pris dans ma gorge. Il y écrivait que je n'étais pas une tapette, que je devais me tromper, qu'il me connaissait mieux que moi-même. Il me rappelait nos parties de pêche, tu sais, des trucs qu'on faisait ensemble, entre vrais hommes. Je m'attendais à une lettre d'acceptation, d'amour, ben non. Oh, il y en avait, mais caché derrière sa réalité à lui. Ouais, des années de thérapie ma fille, des années.

C'est lui maintenant qui pleure. Vos yeux à vous sont secs, votre petit nombril s'est refermé, vous prenez le relais de la consolation, contente de ne pas avoir eu à parler de vos affaires.

— Pauvre toi, je venais pour te changer les idées et c'est moi qui braille. Bon, ça suffit, viens faire un tour sur le lac, on va se rendre à la presqu'île et se baigner tout nus.

— Je ne peux pas, je suis menstruée.

— Mon Dieu, je suis content de ne pas être une femme. Au fait, il y avait une raison pour laquelle je voulais te voir. J'ai invité Jimmy à souper ce soir, je veux que tu sois là. Pour être honnête, il veut que tu sois là. On a parlé de toi hier soir, il était déçu de ne pas t'avoir vue.

— Ah non, non, pas ce soir, j'ai une sale gueule quand j'ai mes règles.

— Ah ! Ça suffit un peu l'excuse des menstruations à toutes les sauces ! Tu as exactement la même tête qu'hier. Je t'attends vers dix-huit heures. Tu vas l'aimer, Jimmy. C'est un type sensible.

— S'il était si sensible, il ne m'aurait pas collé de contravention pour me gâcher mes vacances.

— À mon avis, ce n'est pas la contravention qui sabote tes vacances. Allez, à ce soir.

Vous l'aimez bien, alors vous n'en rajoutez pas. D'ailleurs, il a raison. Votre ex avait raison, tout le monde a raison sauf vous. À quoi bon s'obstiner ? Il est clair comme l'eau douteuse du lac que vous prenez tous les moyens pour vous détourner de vous-même, pour ne pas vous voir en face. Et quoique vous fassiez pour vous perdre, vous vous retrouvez systématiquement, un peu moins belle à chaque fois. À force de ne pas vouloir rencontrer ces parties de vous que vous fuyez comme la peste, cette solitude immense que vous maquillez par des aventures débilitantes, vous creusez davantage le fossé qui vous en rapproche.

Quatrième soirée

— Alors voilà, comme je savais que je ne pourrais pas vivre comme j'aimerais avec la musique seulement, j'ai décidé de suivre mon cours pour devenir flic. Et j'ai découvert que j'adorais donner des contraventions à de belles jeunes filles. Ça les rend folle.

— Peut-être, mais pas de toi.

Vous bouillez encore à la pensée qu'il vous faudra débourser presque le tiers de la totalité du prix de location de votre cambuse pour rembourser ce *ticket*.

— Il n'y aurait pas un moyen discret d'annuler ça ? Tu lui as gâché ses vacances. Déjà qu'elle doit se coincer dans ce chalet gros comme ma main. C'est assez déprimant.

— Ouais, je me cogne la culotte de cheval à tous les détours tellement c'est minuscule. C'est plus petit qu'une stalle d'écurie.

— Dommage, il n'y aura pas de place pour jouer à l'étalon tout à l'heure, ah ah.

— C'est ça, ah ah.

Vous commencez à rire jaune. Les crampes abdominales reprennent malgré le fait que vous appliquiez, pas très sagement, la recette de votre grand-mère, du gros vin rouge à flot. Tous les trois, vous êtes passablement éméchés, et les sottises pleuvent aussi à flot. Vous décidez que Jimmy est finalement aussi bête que peuvent l'être une rock-star et un policier réunis dans un même et seul homme. En tous cas, il n'en a pas encore placé une digne d'être notée dans votre carnet presque vide de « l'Anthologie des propos intelligents proférés par un être à queue ». Pour le moment, votre chat le bat et à plate couture.

— Dis-moi donc, la rock-star-gominée-et-musclée-à-point, à part te contorsionner sur la scène et renflouer les coffres de la ville avec nos prétendues erreurs de conduite, qu'est-ce que tu fais de brillant dans la vie ?

— Excuse-là, elle a ses règles. Chérie, tu y vas fort avec mon invité. Je vais t'enlever ton verre ou te bâillonner. Je vous laisse vous battre entre vous, je vais vérifier ma sauce. Si tu as besoin de renforts, Jimmy, tu m'appelles.

— Merci, Maurice, mais ça ira. Mon ex me faisait la totale une fois par mois aussi, je suis immunisé.

— Ah bon, il y a une ex dans le décor ? Elle n'en pouvait plus d'entendre jusque sur son oreiller les rumeurs des cris stridents de tes fans adolescentes ?

— Non, elle est morte d'un cancer du sein il y a deux ans.

Vos crampes disparaissent d'un seul coup, submergées sous votre titanesque manque de savoir-vivre. Maurice a raison, vos hormones ont pris le contrôle de votre esprit, et l'effet du vin accentue l'espèce de hargne qui a commencé à s'insinuer subtilement en vous et cela, depuis votre rupture. Voilà, vous haïssez les hommes. Tous. Vous avez envie de les déchiqueter avec votre langue acérée, à défaut de vous jeter sur eux poings et ongles (de toute façon, vous les rongez). Jimmy, du haut de son calme et de son air d'assurance parfait exacerbe votre pouvoir de ressentiment au maximum. Il vous rappelle votre Jean-François. Beau, fin, sûr de lui, un peu con et légèrement macho, mais tellement attirant.

— Je suis désolée, j'ai trop bu. Tu es trop craquant, pardon, ce n'est pas ce que je voulais dire, dérangeant, je suis hors de moi, mes règles, mes crampes, ce chalet, mon chat qui semble avoir disparu, mon ex...

— Ah ? Un ex dans le décor ?

Il sourit tendrement en mordant dans sa douce ironie. Voilà, une larme, et deux. Tant qu'à vous ridiculiser, autant y aller à fond.

— Oui, et il n'est pas loin le mien, probablement dans une de ces montagnes en train de gambader avec une chèvre. Et moi, je suis nulle, nulle...

— Bon, l'auto-apitoiement. Viens ici, toi, cocotte. *Toi.*

Il s'assoit près de vous et force votre tête à aller sur son épaule, là où ça sent bon son eau-de-flic ou quelque parfum qui finit de démolir toutes vos résistances. Vous pleurez un bon coup, votre mascara dégouline et votre rouge à lèvres, quant à lui, se trouve déjà en entier sur les rebords de votre verre de vin. Pour le look, on repassera. Il éponge délicatement vos joues, le tour de vos yeux, c'est la deuxième fois en deux jours qu'il touche votre visage. Lorsque ses lèvres se posent sur les vôtres, vous n'en revenez pas de votre faiblesse. C'est Maurice qui interrompt la scène avec un discret raclement de gorge.

— Qu'est-ce que tu fais, Jimmy, tu me piques ma promise ?

— J'essuyais une larme, j'essayais d'effacer son ex qui se promène dans nos montagnes avec une brebis.

— Chèvre.

— Ah oui, chèvre. C'est prêt ?

Quatrième nuit

C'est la première fois que je suis couchée à côté d'un gars qui ne cherche pas à me sauter, c'est un peu anxiogène comme situation. « Non non, je ne parle pas toute seule, je fais mes prières ». Il est adorable, à me pétrir ainsi doucement le coude comme s'il s'agissait là de la partie la plus tentante de mon corps. Peut-être que les coudes de sa dernière copine étaient érogènes. J'ai juste peur qu'il pince mon nerf cubital. « Quoi ? Bien sûr, tu peux t'endormir, je réfléchis un peu et je m'endors aussi. Non non, tu ne prends pas trop de place, mais tu peux te pousser d'un pied ou deux ? Je n'aime pas qu'on respire dans mon cou. Je suis capricieuse ? » Il a dit ça en déposant son dernier baiser sur mon épaule, pourquoi il ne fait pas ça six pouces plus bas ? Maudits hommes, agace-pissettes. Bon, je dors, je dors, je dors, je ne dors pas du tout. Je me demande où est Boui-boui. Peut-être qu'il a retrouvé Jean-François sur une colline fleurie, cueillant des marguerites pour sa chèvre en hot-pants, grrrrr.....

Cinquième jour, 8 juillet

Le petit matin revêt un air tout tristounet avec son faible rayon de soleil timide qui luit sur votre visage. Un sentiment de douceur nostalgique mais beau comme un jour de pluie vous étreint le cœur. Depuis quelques jours, bien que vous ayez tout fait pour ne pas rencontrer Jean-François dans votre esprit, il y est bel et bien tapi, attendant l'instant incontournable pour émerger d'un sillon où s'affrontent le manque et le ressentiment. C'est franchement désagréable.

Vous vous redressez pour regarder Jimmy ; il est assis en position de lotus sur le sol, dans le pseudo-couloir qui sépare la chambre des horreurs de la cuisine. Ses mains reposent sur ses genoux, dans une attitude d'humilité qui vous rappelle votre orgueil, laquelle vous rappelle votre lacune en la matière du contraire. « Ton orgueil va te perdre, ma belle, on ne peut pas toujours gagner ni mettre la défaite sur le dos de l'autre ». Finalement, vous avez une conscience qui carbure, ou alors Jean-François a implanté un iota de faculté d'introspection dans votre façade de perfection.

Ses lèvres étirées en un pâle sourire remuent, et bien que vous n'ayez aucune idée de l'intention liée à ces sons à peine audibles, vous ressentez une sorte d'apaisement. La rock-star-flic-spirit. Les gens ne sont jamais ce qu'on en pense.

Il ouvre les yeux et fixe le vide devant lui. Il est entre ciel et terre, dans un endroit que vous n'avez probablement jamais visité ou peut-être que si, lors de vos promenades muettes avec votre Jean-François, dans les bois. Quand il se tourne enfin vers vous, il sourit avec tant de dents. C'est fabuleux. Vous avez un ami, juste là.

— Tu faisais de la grosse méditation, on dirait. Ou la grenouille en extase.

— Oui, j'imite la grenouille sur un rocher perché. Ça te surprend, je pense bien ?

Il a l'air un peu gêné, comme un petit garçon. Être

pris en flagrant délit d'intériorisation, ça doit être comme se faire pincer les culottes baissées, pensez-vous. Mais vous n'y connaissez rien, toujours occupée à extérioriser sans vous soucier de la sensibilité de l'autre.

— Oui, ça me surprend. Je ne connais rien à ça. Mais d'un type qui court après les bandits qui font du 50 dans une zone de 30 et qui se déhanche outrageusement devant des hordes de fillettes en chaleur, oui, ça m'étonne.

— Ah mais justement, il faut bien que je me centre et recentre, sinon, ce serait trop de pression, et de tension. Hey, je suis très très sensible, mademoiselle.

Il a prononcé « sensible » d'un ton délicat, précieux, les lèvres pincées. Il rigole. Il est vraiment correct, ce type. Vous l'invitez à déjeuner à Magog. Il ne vous a pas violée, ça mérite une sorte de récompense.

Ça aurait pu arriver à un autre moment. Ça aurait dû arriver à un autre moment. Il n'existe en fait aucun moment où ça pouvait bien tomber.

— C'est lui, c'est lui, c'est lui !

— Quoi ? Qui ? Où ça ?

Jean-François déambule nonchalamment sur la promenade en regardant les vitrines, ou son reflet dans les vitrines. Imbu de sa personne comme il l'était de « votre vivant », tous les endroits lui étaient bons pour contempler sa divine prestance. Reconnaissez-le, il s'agit là d'un sacré beau mec.

— Là, le type qui fait semblant de regarder un pot de chambre antique sur l'étalage des pots de chambre antiques devant la vitrine de cochonneries antiques. Le type qui mesure six pieds quarante-quatre pouces, qui s'admire le gabarit dans la vitre en faisant croire qu'il pense acheter un pot de chambre, qui a la tête presque rasée, tiens c'est nouveau ça, qui a des mollets et des cuisses et des fesses et...

— Hey, calme-toi là. C'est ton ex, c'est ça ?

— Ça lui ressemble mais à vrai dire, je n'en suis plus certaine tout d'un coup. Il est trop seul, c'est suspect. Non, c'est un autre, assurément. Mon Jean-François ne supporterait pas de passer ses vacances en solitaire.

— Un peu comme toi, quoi.

Vous faites comme si vous n'aviez pas entendu la remarque. De toute manière, ce qui subsiste actuellement de votre rachitique pouvoir de discernement est entièrement occupé par la recherche d'une femme qui n'existe visiblement pas dans l'environnement immédiat.

— Non non, c'est impossible. Il a trop besoin d'un public féminin pour l'aduler.

— Ou tu en es encore folle, ou tu es folle tout court.

— Un peu des deux.

— Je choisirais la deuxième proposition. Tu crois que l'amour véritable s'encombre de cela, cet esprit de possessivité, cette jalousie dont tu fais montre, ce ressentiment, cette hargne ? En fait d'amour, on a vu mieux. À quoi tu joues là ? Tu te fais croire que tu es totalement détachée en baisant avec toutes sortes de gars...

— Tu n'es pas gêné. Qui t'as dit ça toi ?

— Tu parles pas mal quand tu es saoule, tu sais.

Et tu fais de la projection. Parce que tu as du mal à assumer ta solitude et à composer avec la souffrance en la laissant passer de façon à éventuellement pouvoir faire le point sur ta situation.

Tu es incapable de regarder tes torts, tu lui mets tout sur les épaules. Ah, c'est du beau boulot de *déresponsabilisation*, ça.

— Quelle souffrance, quel point ? Hey, monsieur le maître-à-penser-new-age, es-tu obligé de me faire la morale ? Tiens, tu vois j'avais raison, il y a une fille.

— C'est l'employée de la boutique, tarte. Hey, décroche un peu. Laisse-le vivre, ce gars. Je comprends, à te regarder aller, qu'il ait pu avoir besoin de prendre l'air.

— Qu'est-ce qui te dit que c'est lui qui m'a laissée et non le contraire ?

— Je te l'ai dit, saoule, tu es un vrai livre ouvert.

Vous décidez de ne plus rien dire du déjeuner. Jimmy s'amuse trop à vos dépens ; il vous décortique l'inconscient alors qu'il devrait montrer de la considération pour votre état de crise aiguë. Pas si aiguë, bon, mais un tantinet. L'homme sur lequel votre futur reposait à très long terme est à quelques mètres de vous, en train de s'acheter un pot de chambre, c'est tout de même quelque chose.

Vos œufs ratatinent lentement tandis que vous vous efforcez de rapatrier votre attention sur le moment présent, c'est-à-dire Jimmy, le bacon cuit à la perfection, le café délicieusement odorant. Mais plus rien n'a de goût. Lui, il semble content, content d'être juste là, à l'abri de toute menace affective et interplanétaire, dirait-on. Le monde vit autour de lui et en lui, il s'accommode.

— Ok, j'oublie le gars au pot de chambre. Ni vu ni connu, me revoilà ! Tiens, regarde ! Il ressort avec une table. Petite. Sûrement pas assez grande pour toute une famille en tous cas. Ok-ok, j'arrête.

— Tu n'es pas du monde. Maurice avait raison, tu es un cas de ruban adhésif. De bord en bord du bec. Ça t'arrive de relaxer des fois, de lâcher prise?

— Lâcher prise ! On se croirait à un déjeuner-croissance. Pas le temps pour ces absurdités, trop à faire, trop à penser.

— Comment ça, pas le temps ? Trop à penser, mon œil. Penser des tas de sottises oui. Tu es en vacances et à te voir aller, on dirait que tu cours un marathon sans reprendre ton souffle. Hier, pendant le souper, tu faisais la drôle. Tu te croyais drôle en tous cas. Tu racontais que tu avais *croisé* trois gars depuis le début de tes vacances. Un type dans un parking qui t'as mis la langue jusqu'au fond du gosier, un autre avec un nom idiot qui, comme toi, voulait étouffer une histoire inachevée, et puis l'autre à *gougounes* pendant mon show, et puis moi, ce qui en fait quatre et on pourrait compter Maurice qui, s'il n'avait pas été gay, aurait augmenté ta « Galerie pathologique du constat de l'absence non assumée de chum attitré » à cinq gars. En moins de cinq jours. Comment tu appelles ça, toi, ce comportement ?

— Bon bon bon. J'ai définitivement l'appétit coupé. Pour les cinq prochains jours, je vais essayer de me déculpabiliser en me tapant un gars par jour.

— Tu es totalement immature. Écoute, je t'aime

bien sinon je ne prendrais pas le temps de te parler comme ça. Alors je vais te dire une autre chose : si tu es incapable de faire ton deuil de cette relation, tu n'arriveras jamais à défricher ton terrain et à faire éclore une autre relation durable. Tu vas aller d'éphémère en éphémère.

— On croirait entendre un horticulteur.

— Sois sérieuse deux minutes. Laisse ton ex où il est, qu'il fasse ses propres expériences, ça ne te regarde plus. Ce qui te regarde par contre, c'est ce que tu fais de ta vie. Et tu n'as pas l'air particulièrement bien dans ta peau.

Vous ne dites rien. Qu'y a-t-il à ajouter à cela ? Il semble que tout le monde lit en vous mieux que vous ne le faites vous-même. Du moins, pendant ce discours, avez-vous cessé d'espionner Jean-François qui s'est éclipsé avec sa table. Et votre projet de lui tomber dessus à bras raccourcis est à l'eau.

— C'est ta pratique de méditation qui t'a emmené à penser comme ça ?

— C'est ma vie en entier. Quand tu accompagnes pendant deux ans la femme que tu aimes à marcher vers sa mort, tu n'as pas le choix d'adopter une manière de penser, une voie spirituelle, si tu veux. Lisa était l'exemple même de toutes les qualités du monde. Je n'ai jamais vu quelqu'un montrer autant de courage et de générosité. Des gens venaient la voir, imagine, juste pour qu'elle leur parle. Ils repartaient avec l'air d'avoir rencontré la Vierge Marie en personne. Alors que c'est elle qui aurait dû avoir besoin d'être consolée, elle était la grande consolatrice. J'ai vécu tout ça de près, aux premières loges. Un jour, elle a décidé de mettre fin à la chimiothérapie et à toute cette médecine de merde qui la rendait encore plus malade. On a rasé ce qui restait de ses cheveux, j'ai rasé les miens aussi, et on a combattu la maladie ensemble. En méditant, en regardant des films comiques, en nous promenant dans les bois, quand elle pouvait se tenir debout. Jamais je ne l'entendais se plaindre.

— Ce n'est pas comme moi, hein ? C'est ça que tu cherches à me dire ?

— Tu es tellement centrée sur toi, tu ramènes tout à ta petite personne. Comment peux-tu arriver à nouer de vrais liens avec les gens ?

Midi sonne déjà ses rayons de soleil dans un ciel bleu sans espace libre pour aucun nuage. Les nuages, ils se dessinent maintenant dans votre esprit. Prenant des formes diverses, acariens, puces, cafards, larves. Vous vous sentez nulle.

— Je pense que j'ai besoin d'être seule un peu.

— Je ne t'ai pas trop brassée ?

— Non, si. Je ne sais plus. Je ne sais plus où j'en suis tout à coup. Je pense que je vais vomir les œufs que je n'ai pas mangés.

Vous bousculez la table en vous levant et la tasse pleine de café se renverse sur la nappe blanche, imprimant sur le tissu une tache brune qui forme un grand cœur aux ailes déchirées.

— Je t'invite, ma belle.

— Non, c'est moi.

— C'est moi.

— C'est moi.

— D'accord. Mais tiens, j'ai un cadeau pour toi.

Il sort de son sac à dos un livre. « La sérénité de l'instant ». Thich Nhat Hanh. Il ne manquait plus que ça.

— Ça va. Il est dans mes lectures de vacances.

Jean-François lisait et relisait tous ses bouquins.

— Alors c'est un bon gars. Allez, *va et ne pèche plus.*

— Ouais. Je *lève mon grabat et marche.*

— Combien te reste-il de jours à errer dans le coin ? J'aimerais bien te coller une autre contravention.

— Arrête ça, grand comique. Je suis ici encore demain, et après-demain aussi. Je devrais quitter dans l'après-midi. Et puis, il faut absolument que je trouve mon chat qui semble s'être éclipsé dans la nature. Pas question que je reparte sans lui.

— Peut-être bien qu'il faudra pourtant. S'il a retrouvé l'instinct sauvage, n'y penses même plus.

— Ne me fais pas peur. C'est tout ce qu'il me reste.

— Ouais, pas mal plus facile d'aimer bien un chat qu'un chum, hein ?

— Mets-en. Allez, si tu as envie de passer, tu sais où me trouver. Merci pour tes bonnes paroles.

— Même si elles ont écorché ton orgueil ?

— Tu n'es pas le premier à l'avoir écorché.

Il vous enserre de ses bras, très fort, murmure « Bonne chance », comme s'il savait quelque chose que vous alliez inévitablement découvrir et ses baisers dans vos cheveux l'empêchent de voir les traits de votre visage accuser un magnifique éboulement de terrain.

Boui-boui attend sagement, le derrière posé sous la table à pique-nique, droit dans sa litière qui n'a guère servi étant donné son comportement de déserteur. Il garde ses distances, vous regarde fixement comme si vous étiez une étrangère. Une étrangère, c'est ainsi que vous vous sentez face à vous-même. Vous ne lui en voulez pas de ne pas se précipiter vers vous en miaulant des jérémiades d'amour.

Le chalet semble plus petit que jamais. Et les monstres sur les murs de la chambre... Un élan d'inspiration s'empare de vous. Vous partez à la recherche de tout ce qui existe comme produits à récurer, et pour ça, il y en a. Le propriétaire, apparemment, veut s'assurer que vous ne laisserez aucune trace de votre passage. Oh que oui, il le remarquera, votre séjour. Vous emplissez une chaudière de l'eau la plus chaude possible sur une quantité nettement exagérée d'un liquide à base d'ammoniac dont l'odeur vous étourdit. Mais rien ne saurait arrêter cet élan irrésistible ; il vous faut nettoyer, purger, assainir, purifier, *virginiser*. En frottant, vous maudissez l'existence des crayons feutre et du stylo *Bic*, mais votre volonté n'a d'égal que cette énergie meublée d'une sorte de désespoir, comme s'il en allait du sort de votre vie, comme s'il fallait en finir avec quelque chose. Mais quoi ? Peu importe. L'instant est à l'instinct, pas à la psychologie de pacotille. Tiens, c'est la première fois que vous associez un mot peu flatteur à « psychologie ». Peu à peu, le blanc se rapproprie son espace propre. De ces bonhommes repoussants ne demeurent que des traces, des traits flous, et voilà que devant ces accidents de terrain naît une autre inspiration. Vous dénichez dans un tiroir les mêmes crayons ayant servi à la création de l'œuvre grotesque. Et, propulsée par un autre élan, celui-là léger et aérien, où se dessine de l'enfance, du bonheur, un esprit dégagé de toute intention, vous profitez des marques déjà imprimées sur la peinture pour extrapoler vos propres images. Ici, un ange-chat qui vole parmi les nuages, souriant à une souris-ange qui vole parmi d'autres anges-chats. Là, une lune radieuse à laquelle s'entremêlent d'improbables étoiles dont les queues promettent des voeux réalisés. Le temps file et bientôt, la lumière de quatre heures nimbe ce mur d'orangé tendre, mettant ainsi la touche finale à votre œuvre.

Cinquième soirée

Finalement, vous n'êtes pas si minable en matière de feu. Les flammes montent droit au ciel, triomphantes, et seul leur crépitement rompt la quiétude de la nuit. Vous aimez le bruit que fait le silence. Assise sur une bûche, Boui-boui sur vos cuisses, vous entamez une chanson que Jean-François avait souvent aux lèvres les derniers jours de votre relation. Le visage dans la pelisse de Boui-boui, vous pleurez enfin ce qui ressemble à une vraie larme.

Cinquième nuit

C'est curieux, et un peu effrayant ; si je suis honnête

avec moi, je constate n'avoir rien ressenti quand je l'ai vu. En fait, je sentais bien quelque chose, mais c'était tout concentré entre mes deux oreilles ; mon cœur ? Niet, froid comme une brique. Est-ce que Jimmy aurait raison, je ne connaîtrais rien de ce qu'est l'amour vrai ? J'aime Boui-boui, ça j'en suis certaine. Parfois, Boui-boui, quand j'imagine que je pourrais te perdre, j'ai mal comme s'il s'agissait de ma propre mort. Encore que ma propre mort, c'est dur à imaginer en fait de douleur car morte, je ne sentirais plus rien. Je déconne. Quand il est parti, j'ai cru devenir folle, comme si tout à coup, il n'y avait plus de plancher sous mes pieds. Je perdais mon identité. Et tout de suite, j'ai tenté de la retrouver en courant les hommes, j'avais besoin d'un regard sur moi pour me prouver mon existence, la valeur de mon existence. Mon Dieu, je deviens profonde. Bon, je déconne encore. Ça suffit l'introspection, il faut que je dorme. Je suis contente de mes anges-chats. Tu les aimes aussi, Boui-boui, mon amour adoré, mon petit ange poilu ? À quoi ça ressemblerait le paradis sur terre, mon minet ? Des souris en liberté et des chats en laisse ? Dormons, je me parle toute seule depuis presque toute une page, c'est assez.

Sixième jour, 9 juillet

Ciel qu'il fait beau ! Vous vous étirez en éjectant Boui-boui du lit et en poussant de petits cris de reconnaissance envers la nuit qui a été bonne pour vous. Vos anges sont toujours là et sourient à travers leurs moustaches. Boui-boui essuie les siennes en vous regardant avec des yeux qui en disent long : lève-toi ma vieille et donne-moi ma pâtée. J'en ai assez de bouffer de la souris des bois.

Vous revoilà au point de départ, vous et Bouiboui, comme au premier jour de vos vacances, sauf qu'il s'agit là du dernier. Vous savez fort bien que demain, ce sera la grande corvée nettoyage, paquetage et que des moments ultimes, vous ne profiterez guère. Alors vous fixez immédiatement votre objectif pour la journée : ne rien faire, à part vous empiffrer, lire, caresser le chat tout en le gardant à l'oeil pour ne pas qu'il se sauve et vous laisser caresser par les rayons du soleil. C'est ça, des vraies vacances.

Pas compliqué de déjeuner quand le frigo est presque vide. Un bol de yogourt, quelques noix et raisins secs, une ou deux rôties bien beurrées. Et une grande tasse de thé noir. Boui-Boui semble satisfait de son sort ; il s'installe sur la table de pique-nique en léchant tout ce qu'il peut trouver à lécher de lui. Ce que vous l'aimez, cette petite bête ramassée dans un fond de ruelle il y a de cela déjà huit ans. Vous réalisez soudain que la relation la plus durable que vous ayez vécue avec un spécimen de la race mâle se trouve à être celle-là. Oui, vous les aimez bel et bien poilus...

C'est calme du côté du chalet de Maurice. Il est encore tôt, il doit dormir. Tout semble dormir autour de vous, et en vous également. Se reposer en fait. L'odeur des épinettes éveille en vous des souvenirs de promenades, celles où Jean-François vous emmenait à Rawdon, un endroit qu'il adorait pour ses boisés composés essentiellement de conifères. Il déposait un doigt sur votre bouche dès que vous essayiez de rompre le silence, et chuchotait : « Écoute le vent qui passe à travers les aiguilles des pins ». Vous ne perceviez rien du tout, mais feigniez la stupéfaction ; sa perception du langage de la nature vous mystifiait. Vous vous fondiez en lui et, à force, la confusion de ne plus identifier ce qui vous appartenait de ce qui ne vous appartenait pas s'est installée. Et avec elle, l'agressivité, les impatiences, des sentiments dévastateurs émergeant d'un endroit blessé bien avant cette relation, selon lui. « Ce n'est pas possible, je ne peux pas être le seul objet de toute cette colère » !

Un homme sort de chez Maurice, qui n'est pas Maurice. Un type costaud vêtu d'une salopette tachée d'huile. Maurice le prend par le bras et l'embrasse sur la bouche. Dire que c'est cette bouche que vous souhaitiez sur la vôtre. Toutes ces bouches étrangères qui ont frôlé vos lèvres. Gougounes et l'odeur de ses savates émergent dans votre esprit, Reggie et ses ritournelles brésiliennes, le faux-camionneur américain avec sa langue de trente pouces, Jimmy, Jimmy si bon avec ses baisers sur vos joues et sa propension à vouloir régler le sort de l'humanité et le vôtre. Ou est-ce vous qui ne comprenez rien à rien ?

« La sérénité de l'instant ». Pourquoi pas. Autant voir ce qu'il y a là-dedans qui fascine tant les mecs les plus gentils.

— Tiens-tiens, on donne dans les lectures sérieuses, enfin ?

Vos cheveux ne peuvent être plus gras, votre teint

plus délavé, vos vêtements plus inconvenants pour revoir Jean-François après quatre mois d'absence. Vous avez l'air d'une vieille corneille avec vos couettes hirsutes.

— Qu'est-ce que tu fais là ? C'est franchement embarrassant. Tu as vu mon allure ?

— Je t'ai vue pendant deux ans dans des accoutrements à faire fuir un aveugle, et pourtant j'étais là. Tu es correcte, tu te vois toujours pire que tu es. Tu n'as pas changé, mauvaise mouche.

— Tu es venu pour te venger ou quoi ? Ne commence pas à me taper dessus. La journée avait bien commencé. Et puis, comment ça se fait que tu es ici ?

— C'est la faute d'une table que j'ai achetée chez un antiquaire hier matin. Tu sais bien, tu es parti avec tout le mobilier. Tellement enragée que tu t'es même approprié ma table de travail. J'avais un mal de chien à la faire entrer dans le coffre de ma minuscule voiture, tu sais bien, tu es aussi partie avec la *Subaru* familiale, quand un type est arrivé derrière moi et m'a proposé son aide. Pendant qu'on s'escrimait à ne pas casser les pattes de la table, il m'a dit : tu as lu Thich Nhat Hanh? Et il s'est mis à rire comme un fou.

— Oui, je connais ce rire. Il a ri de moi un peu trop à mon goût avec ce rire-là.

— Il est franchement sympathique, ce gars. Ça m'a surpris que ça puisse se trouver sur ton chemin. Je pensais être le dernier gars sympathique qui puisse entrer dans ta vie, ah ah.

— Ah ah, tu es pas mal drôle. C'est fou ce que tout le monde s'amuse à mes dépens ces temps-ci. Et puis ?

— Et puis, on a parlé, de toi, de nos visions des choses, des relations de couple...

— J'imagine.

— Et il m'a fait comprendre que ce serait une bonne chose que je vienne te voir.

— De quoi il se mêle, l'apôtre Nouvel-Âge ?

— Cesse de te moquer, il n'a rien d'un *grano*. Tu confonds tout, toi. Il m'a surtout dit un truc qui ne me surprend pas : apparemment, tu me croyais déjà casé avec une autre ?

— Pas du tout, où va-t-il chercher ça ?

— Arrête, peux-tu être sérieuse un peu plus de dix secondes ? Penses-tu qu'après deux années à essayer de développer une intimité avec toi, sans y parvenir plus de dix secondes, je puisse avoir envie d'autre chose que de me reposer de tout ça, les relations, les femmes, louvoyer pour parvenir à maintenir mon équilibre ?

— C'est ça, dis donc que c'est à cause de moi aussi que tu as attrapé des morpions.

— Si tu n'avais pas découché chez ce pseudo-cousin rencontré lors de ta fête de remise de diplôme, je ne les aurais peut-être pas eus, effectivement.

— Dis donc que j'ai baisé avec, tant qu'à y être ?

— Tu lis dans mes pensées. Tu vois, on est encore à se rejeter la faute l'un sur l'autre, c'est clair que ce n'est pas fini.

— Qu'est-ce qui n'est pas fini ?

— Nos ressentiments, tout ça, le deuil n'est pas fait. Alors si tu penses que j'ai ce qu'il faut pour rencontrer une fille et me sentir comme neuf avec elle... Toi, par contre, j'imagine que tu n'as pas perdu de temps ?

— Qu'est-ce que tu vas t'imaginer! J'ai décidé de prendre mes vacances seule justement pour faire le vide et le point dans ma vie. Si tu crois que moi aussi, je me sens prête à quoi que ce soit.

— Tu mens !

— C'est encore Jimmy ? Celui-là, il ne perd rien pour attendre.

— Pas du tout, il ne m'a rien dit de ça. Je te testais.

Il est triomphant. Vous pincez les lèvres de dépit, vous le détestez. Il n'a pas changé lui non plus, toujours vainqueur en bout de piste. Vous avez tout fait pour l'anéantir, en quelque sorte, lui prendre un peu de cette assurance qui vous faisait tant défaut , mais rien à faire, il était et reste le plus fort. Ou vous êtes juste incompétente sur toute la ligne pour vivre une relation privilégiée, n'importe quel genre de relation, une vie digne de ce nom même.

— Je ne dis plus rien. Quoique je dise, ça se retourne contre moi.

— Ha ! Elle est bien bonne. Tu fais encore de la projection. Je ne pouvais pas ouvrir la bouche dans le temps, parler d'une collègue de travail, d'une copine, sortir tout seul ou avec une autre fille que toi sans que ça se retourne automatiquement contre moi. Tu me soupçonnais sans arrêt de tout et rien. Si bien que j'ai fini par ne plus oser rien te dire. Tu m'as coupé la langue.

— Ah c'est pour ça que tu ne la sortais plus les rares fois où tu daignais m'embrasser. Il n'y en avait plus, de langue, je n'avais pas remarqué. Bon, ne fais pas cet air-là, tu as gagné, sous la torture j'avoue, j'ai couru après. Je suis parfaitement inepte.

Vous entendez un bruissement qui vous distrait de votre complainte. Occupée à argumenter, vous avez relâché votre surveillance ; Boui-boui ne se trouve plus nulle part. Ni dehors ni dedans. Vous courez dans tous les sens comme une poule sans tête.

— Où il est ? *Où il est ?*

— Arrête de paniquer. Je l'ai entendu bondir dans ce bosquet tout à l'heure.

— Pourquoi tu ne me l'as pas dit ?

— Je ne savais pas qu'il fallait le tenir en laisse. Calme-toi, on va le retrouver.

— Je pars demain! S'il ne revient pas, qu'est-ce que je vais faire moi ? Je ne peux pas rester ici à attendre son retour, je travaille après-demain. Et je ne veux pas partir sans lui, c'est hors de question.

— Viens, au lieu de rester plantés là à discuter, ce serait préférable de partir à sa recherche. De toute façon, ça ne rime à rien de ressasser nos vieilles chicanes. Hey, viens ici toi. J'ai été un peu dur, hein ?

— Je suppose que je mérite ça. Je n'ai jamais raison avec toi de toute manière. Je ne suis jamais correcte.

— C'est drôle, moi aussi j'avais l'impression que je n'étais jamais correct, avec toi. Allez, on est mieux de s'y mettre avant qu'il ne s'éloigne trop, ton Boui-boui.

Alors qu'il a toujours eu, comme un bon toutou, la particularité de répondre à son nom et de venir quand on l'appelle, il fait maintenant la sourde oreille. Vous vous égosillez tellement tous les deux que Maurice est alerté par vos cris et entreprend de vous seconder dans vos recherches. C'est peine perdu. Après deux heures à sillonner les boisés, pas l'ombre d'un Boui-boui. Vous commencez à sentir votre estomac se contracter, l'angoisse étreindre votre cœur et votre souffle se raccourcir.

« Qu'est-ce que je vais faire… qu'est-ce que je vais faire ? »

Jean-François vous prend dans ses bras et murmure des mots qui ne vous rassurent en rien. Au fond de vous, l'intime conviction que Boui-boui ne reviendra pas est imprimée en caractères gras. C'était une dispute de trop, une qui n'avait pas sa place après quatre mois de séparation. Il n'avait jamais aimé les vibrations négatives de vos chamailleries par le passé. Souvent, après un conflit, vous le cherchiez pendant des heures pour le retrouver dans les recoins les plus inusités de la maison. Il semblait avoir son opinion de minou quant à cette situation de vie, désastreuse pour tout le monde. Boui-boui, finalement, démontrait plus de sensibilité et de lucidité que vous. Oui, vous pouvez très bien avoir perdu un chat aussi exceptionnel.

Maurice est désolé. Il propose de garder l'œil ouvert après votre départ. De l'attirer avec de la nourriture, l'appeler tous les jours, prévenir les voisins. Vous le remerciez sans enthousiasme tandis qu'il retourne auprès de son beau mécano. Jean-François semble réellement bouleversé. Difficile de faire autrement : les chutes du Niagara noient votre visage, on n'y devine plus que le bout du nez.

— Viens ma belle, il commence à faire frais et on dirait qu'il va pleuvoir.

— Mon Dieu ! Boui-boui détestait la pluie. Il

devenait fou dès qu'une goutte d'eau l'effleurait. *MonDieu, monDieu, monDieu* !

— Je ne t'ai jamais entendu implorer Dieu avec autant de ferveur. Excuse-moi, je ne voulais pas me moquer. Si tu veux, je reste avec toi ce soir et cette nuit. Moi aussi, je repars demain. On pourra partir ensemble, se suivre en voiture. Ça te va ?

Il est si gentil. Le monde est si gentil. Il est peut-être temps d'apprendre de la gentillesse des autres. Les paroles lues dans le livre de Thich Nhat Hanh vous reviennent en mémoire : « C'est dans la vie quotidienne même et le contact réel avec autrui que nous pouvons tester l'esprit d'amour. Une parole, un acte ou une pensée ont le pouvoir de réduire la souffrance de quelqu'un ».

C'est si simple que ça en a l'air bête. Mais reconnaissez qu'à force d'avoir l'air bête, vous en avez, au fil du temps, perdu cette simplicité. Il est encore temps. Vous acceptez sa proposition avec une reconnaissance non feinte et vous vous dirigez, soutenue par un bras convaincant, vers l'espèce de wagon-lit qui vous a servi de chalet pendant ces derniers jours ridicules.

Sixième soirée

On frappe à la porte. Maurice entre, suivi de Jimmy qui serre la main de Jean-François comme si c'était un vieux *pote* de cent ans. La délégation. Ne manquerait plus que le reste de la « Galerie pathologique du constat de l'absence non assumée de chum attitré ».

« On a de la pizza, de la salade préparée, du vin, pas trop pour mademoiselle... »

Maurice vous envoie un irrésistible clin d'œil. Vous lui répondez par une grimace. Vous êtes devenue une experte de la grimace, à force d'avoir dormi entre les murs de la chambre aux horreurs. Jimmy et Jean-François se marrent devant la tapisserie et tous les motifs audacieux qui ont coloré votre intérieur depuis six jours.

— Je suis surpris que tu ne sois pas devenue plus folle que ça à vivre dans ce décor.

— Elle est devenue folle !

Jimmy est content d'en rajouter ; lui et Jean-François sont décidément devenus comme cul et chemise. Vous décidez d'être de bon poil, même si vous aviez envie d'un tête-à-tête, et riez d'assez bon cœur.

— « Celui qui sait rire de lui-même n'a pas fini de s'amuser » ! Tu connais ce proverbe, Jimmy ? Oui ? En tous cas, pas elle. Je n'ai jamais vu quelqu'un se prendre à ce point au sérieux.

— Pour ça, j'avais remarqué. Maurice aussi, d'ailleurs. Il m'a mimé la scène de la fille éplorée sur le quai, trop menstruée pour se glisser à l'eau.

Alors là, c'en est trop. Ils s'y mettent tous, même Maurice qui n'est pas rouge le moins du monde pour avoir été dénoncé d'indiscrétion.

— Non mais, est-ce que c'est la soirée de mon procès ou quoi ? Parce que si c'est ça, votre pizza, vous pouvez vous la faire sans moi. Je vais aller chercher Boui-boui. Lui au moins, il a besoin de moi.

— Oui, pour manger et faire nettoyer sa litière !

Jean-François jubile, il serait complètement saoul que ça ne serait pire. Vous ne l'avez jamais vu aussi joyeux du temps de votre relation. Qu'est-ce qu'il y a en lui de différent ? Pourquoi Maurice et lui se regardent-ils ainsi ?

« Vous riez, alors riez. Sachez que ce chat représentait pour moi la preuve que je pouvais aimer un être vivant de façon inconditionnelle. »

Cette remarque déclenche l'hilarité générale. Vous nagez en plein drame de déconstruction de votre ego, par et devant public vendu d'avance. Jean-François s'esclaffe :

— Ben il y a peut-être une chose que sa perte....

— Un instant pas trop vite, il n'est pas encore officiellement perdu.

— ...que sa perte devrait t'apprendre : c'est le temps de mettre ton amour, ou ce qui lui ressemble, à la bonne place, envers les gens autour de toi. Tu ne penses qu'à être aimée, c'est lassant à la fin. Il n'y a jamais de juste retour des choses. Au lit pareil. Tu en fais des tas, et pas du tout par affection, ou si peu. Tu as l'air généreuse mais en fait, c'est juste que tu crains de ne pas donner assez. Tu en fais plus pour être certaine d'en faire assez. Tu fais l'amour comme un art, pas pour l'amour de la chose et de l'autre.

— Et c'est maintenant que tu me dis ça ? Tu aurais pu attendre un autre moment, non ? Tu avais besoin d'un auditoire pour me casser la gueule ? Le nombre te donne le courage de nommer les affaires ? Maurice, tu veux dire quelque chose peut-être ? Allez, allez-y, assassinez-moi, que cette fin de vacances profite à tout le monde.

— Moi, j'aime bien Jean-François.

Il est chaud, il n'y a pas à dire, ses yeux sont langoureux tandis qu'il détaille de haut en bas la pièce d'homme que vous connaissez par cœur.

— Moi, j'aime bien Maurice.

Alors là, c'est le bouquet. Vous regardez Jimmy qui sourit tranquillement, un vrai Bouddha. Il s'en fout visiblement, que ces deux-là puissent avoir envie de s'envoyer en l'air. Jean-François et la danseuse aquatique. On se fiche de votre gueule, aucun doute là-dessus.

N'essayez pas de démêler la farce du sérieux de tout ça, tout le monde est ivre avant la dernière heure. Le moindre propos provoque l'hilarité collective, surtout ceux où il s'agit de vous. Ils se sont donné le pari de faire fondre les dernières couches de votre narcissisme aiguë d'ici votre retour en ville. Pendant ce temps, Boui-boui existe, quelque part. Il vous faut y croire, sinon ça n'ira pas, ah ça, pas du tout.

Sixième nuit

Non, je ne dors pas. Oui, tu peux venir me rejoindre. À moins que tu ne préfères aller chez ton ami Maurice ? Bon, nous revoilà collés, qui l'eut cru ? Dans deux secondes, il va ronfler. Décolle un peu, tu es trop chaud. Ton haleine sent la vinasse, tu ne t'es pas brossé les dents ? Penses-tu que Boui-boui est autour du chalet ? Si on s'endort, on ne l'entendra pas gratter. Dors-tu ? Bon, je parlais toute seule, quel merveilleux déjà-vu. Ceux qui ont la faculté de s'endormir dès qu'ils posent la tête sur l'oreiller n'ont certainement pas de conscience. Comment peut-on sombrer si vite quand il y va de la vie d'un chat ? Mon Dieu, ramenez-moi Boui-boui et je suis prête à faire amende honorable auprès de tous les gars que j'ai blessés, même ceux qui sont entrés chez les frères ou devenus gays suite à notre relation. Je vais même commencer une thérapie, appeler plus souvent ma mère, ne plus prononcer votre nom en vain quand j'ai un nouveau bouton, je vais commencer à aller à la messe, du moins celle de Noël, les autres je ne garantis pas mais c'est un bon début non? S'il vous plaît, ne me faites pas ce coup-là. Pas ça, pas ça, pas lui, il ne mérite pas le sort que vous lui réservez. Prenez-moi, mais laissez-lui la vie.

Tu ne dormais pas ? Tu m'écoutais sans rien dire ? Tu n'as pas le droit de me traiter de grande tragédienne, c'est sérieux. Je me sens vraiment *triste, est-ce qu'il faut que je m'ouvre les poignets pour te le prouver ? Tu ne sais pas ce que ça peut représenter un chat dans la vie d'une femme qui n'a pas d'enfants. C'est comme un bébé, Boui-boui, c'est mon bébé. Mon Dieu. Boui-boui, Boui-boui, Boui-bouh-ouh-ouh.....*

Septième jour, 10 juillet

La grande souris métallique vêtue d'un dossard à l'effigie hitlérienne vous poursuit en couinant « *Schnell* ! » dans un labyrinthe sans issue. Vous entendez une voix lointaine, celle de Jean-François, qui crie votre prénom. Mais dès que vous essayez de vous diriger vers cette voix, un nouveau mur se dresse devant vous. Tout à coup, il ne s'agit plus d'une souris mais de Boui-boui, un Bouiboui immense, plus gros qu'un éléphant. Il détruit tous les murs en tentant de vous attraper. Il miaule méchamment : « *Laisse-moi ma liberté, laisse-moi ma liberté, sinon je te croque !* »

Vous comprenez ce que votre chat vit depuis des années, habité par un rêve si infernal, encore que le vôtre est certainement pire ; dans le sien, vous n'êtes pas là à vouloir lui faire la peau.

C'est Jean-François qui est en train de croquer quelque chose ; la réalité qui s'impose lorsque vos paupières acceptent de s'ouvrir pour affronter la journée telle qu'elle se présente, c'est-à-dire sans Boui-boui, est pire que tout : il est assis par terre et mange la nourriture sèche de votre chat. Hurlez un bon coup et réveillez-vous une fois pour toutes.

— Tu es enfin réveillée ? Tu te réveilles souvent en criant ainsi depuis qu'on est séparés ?

— Seulement quand tu manges la bouffe de mon chat.

— Quoi ?

— Laisse faire. Il est revenu ?

Vous êtes assise dans le lit, les couvertures remontées sous votre menton, la lippe tremblante. Une petite fille qui a perdu son chat, rien de moins.

— Non. On va déjeuner d'abord puis on ira ratisser les bois autour, si tu veux. Puis, je vais chercher mes bagages à l'auberge et je reviens t'aider à faire les tiens.

— C'est inutile. Il a dû être mangé par un coyote, un loup, une souris portant un dossard hitlérien.

166

— Arrête d'être si pessimiste. Avec la pluie qui est tombée cette nuit, tu sais bien qu'il a dû trouver un refuge et il doit être affamé ce matin. Je te parie qu'il revient avant une heure.

— Arrête d'être si optimiste. Avec la pluie qui est tombée cette nuit, tu sais bien qu'il doit déjà être mort d'une pneumonie, ou noyé dans une flaque.

Vous préférez penser au pire que d'entretenir de faux espoirs. Comme lorsque Jean-François vous a laissée. Vos projections s'étaient d'ailleurs matérialisées : il ne vous a jamais rappelée pour reprendre la Subaru, une astuce que vous croyiez infaillible pour le faire revenir, ne serait-ce qu'une minute. Trop orgueilleux.

Vous mangez sans rien dire. Il respecte votre silence. Vous jouez dans votre bol de céréales, vous jouez avec votre rôtie, vous jouez à respirer une fois sur deux. Incapable de rien avaler en pensant à Boui-boui écrasé par un camion ou kidnappé et enfermé dans un hangar sombre et humide par un enfant pétri d'intentions diaboliques. Pendant que Jean-François prend sa douche, vous sortez sur la galerie pour constater que rien ne bouge, à part les gouttes translucides qui tombent des feuilles. Un peu de brume s'élève de la cime des montagnes et l'odeur des conifères emplit vos poumons. Ça sent si bon. Reconnaissez que votre aveuglement des derniers jours a créé un rempart, vous privant systématiquement de la capacité de vous emplir de tout ce que cette merveilleuse nature avait à vous offrir, au-delà des murs sinistrement bariolés de cette cabane.

— C'est beau hein ?

Jean-François, aussi dégoulinant que les arbres,

enroulé dans une serviette d'où émerge ce thorax fort et solide que vous avez trop souvent distraitement caressé, mêle son regard au vôtre.

— Toi aussi, tu es beau. Où se trouvait ma tête pendant tout ce temps ?

— Oublie ça, c'est le passé. Je pense qu'on avait un bout à faire chacun de notre côté, tu ne crois pas?

— Oui, sans doute. Mais regarde comment j'ai fait le mien ?

— Arrête de te taper dessus. Tu t'es fait deux bons amis pendant cette semaine. Maurice, et Jimmy. Ce n'est pas rien.

— Si tu savais toute la cochonnerie que j'ai ramassée en contre-partie...

— Tu sais qu'un homme qui a plusieurs femmes, on dit qu'il possède un harem, tandis qu'une femme qui a plusieurs hommes, on dit qu'elle a une cour à *scrap* ?

Vous éclatez de rire, il vous a toujours dans les derniers milles, avant que vous ne sombriez trop profondément dans votre centre d'achats de psychologie bon marché. Mais Boui-boui est porté disparu, ce n'est pas le temps de rigoler. Habillez-vous, du même accoutrement que lors de votre promenade sous la pluie, ce jour où Reggie a croisé votre chemin. On ne sait jamais, peut-être que ces habits ont le don d'attirer les mâles. Vous suggérez à Jean-François de rester au chalet, ressentant le besoin de partir à la recherche de l'amour de votre vie en solitaire, comme s'il s'agissait là d'un pèlerinage vers le sacré. Le sacré minou.

— Je reviens dans deux heures tout au plus. Laisse

la clé du chalet dans la petite maison dans la prairie.

Il vous embrasse, comme une amie, et vous savez que c'est ce dont il s'agit, un ami. Votre cœur se dilate. C'est à la fois triste et doux.

Dans le meilleur des mondes, Boui-Boui, au loin sur un sentier, aurait galopé vers vous dans un ralenti digne des westerns les plus kitch, lorsque le cheval héroïque qu'on croyait perdu revient vers son maître à la toute dernière minute. Il aurait sauté dans vos bras en miaulant des *miaous* d'amour fou et le mot fin apparaîtrait dans un ciel parfaitement bleu, sur une banderole tirée par un petit avion de location. Dans le meilleur des mondes. Mais il semble que le destin n'en a rien à cirer de nos désirs, et que des besoins réels, nous ignorons souvent la nature.

Vous passerez des jours gris, des nuits noires à pleurer sur votre sort. Jusqu'à ce que les larmes prennent une autre orientation : le sort de Boui-boui. A-t-il souffert, souffre-t-il ? Est-il bien dans sa nouvelle vie de chat, sur terre ou au ciel ? Quelqu'un l'a-t-il recueilli ? Vous en veut-il ? Lui en voulez-vous ? Inévitablement, ça revient à vous.

Il s'agit de l'histoire d'une vie pour sortir de soi. Mais la seule façon de se rencontrer, c'est de prendre les portes offertes, même si au-delà du seuil, c'est parfois le fossé. Un fossé nommé Boui-boui.

Autres titres
Marchand de feuilles

Un train en cache un autre
Véronique Bessens

Petites géographies orientales
Mélanie Vincelette

Table des matières